故宫草木志

那海◎著

故宫出版社

王琎 摄

目录

序

故宫草木

草木是古时中国人对花草、谷物、树、灌木等草本植物和木本植物的统称。《周易》中有“天地变化，草木蕃”，意为天地交感，生养万物，草木茂盛。

有一刻，忽觉植物在你面前暴露了实相——草木枯荣，犹如浪子散尽家财，却依然对这世间无存机心。你厌倦了对庞大叙事的迷恋，开始对身边的草木，突然留意。

贯休和尚有“平生无限事，只有道人知”的诗句。于许多人而言，也可以是“平生无限事，只有草木知”了。

人所受草木的恩惠，纵然“世界最初的敌意绵延千年，横亘在你面前”（阿尔贝·加缪），也能得到和解。平和的草木承载了纷繁人事。于是，人常说：多识草木少识人。

早春黎明时分大海上玫瑰色的晨光，夏日黄昏流光溢彩的晚霞，秋日绮丽的山林，天地之间，所有事物一律平等地共存着。霜落蒹葭，草木凋零，在自然的死亡与腐烂中，新的生命也正默默地孕育着。

曾在大雪时走在故宫，四周一片苍茫，人有一刻似与万物融汇在一起，行将湮没在无尽的宫殿之中。好比没有古今上下，没有前尘往事，没有王侯将相，忘了人世，忘了大河流淌，天地归于静谧，大雪还在继续。这种感受至今犹记。

在季节的交替中，故宫的草木也目睹这座古老宫殿的历史烟云，与世间悲欢，绵延着大自然无可辩驳的秩序。

总有人在忙着生活种种的同时，也宁愿花很长时间守着一株花，看那花苞徐徐展瓣，以为那是人间至乐。加缪在广阔的维琴察平原,万般感受都融成一体。离去后,他觉得自己似乎还在那里，每每想起，迷迭香的香气又再度飘来。张岱则沉醉在自己的梅花书屋，那个有着三株西瓜瓤红的牡丹、有着繁茂的花朵如积聚了几尺高香雪的西府海棠、枝干古拙的西溪梅花、妩媚的云南茶花的梅花书屋，台阶下厚厚的青草，草间疏疏地点缀秋海棠，这些草木，又是怎样地滋养着张岱与他的《夜航船》呢。

那么，一个人请尽可能地与草木同道（在乔治·斯坦纳看来，一个人请尽可能地与文学同道）。一个人看了徐渭题跋为“半生落魄已成翁，独立书斋啸晚风。笔底明珠无处卖，闲抛闲掷野藤中”的《墨葡萄图》，看了八大山人含蓄空明的《河上花图》卷，看了黄庭坚的草书“花气薰人欲破禅，心情其实过中年”，看了黄宾虹的《梅花图》，看了陈洪绶案头花器中插着的那枝白色的蜡梅花，那些并非日常生活周遭的草木，那些可称为“遥远的”草木，它们说不上改变人的一生，却终归让人的心灵深处体验到一些新的东西吧。

而这些古老的书画、器具、书籍中的草木，诠释人世的艺术，给我们太深的陪伴，也将我们带入文化与自然融合的丰富与精妙的世界。我们一生所得到的，多数植根于无边际的自然万物，它承继着人类情感内在无限的可能性。人生的艺术化，也就是生活的情趣化。欣赏它，享受它。这也是安顿我们内心的一种途径。

此书为《故宫草木志》，原想专写故宫草木，与一些与草木有关的藏品，写着写着，忽觉秋色无南北。作为循环着的血液，作为从时间的深处升发出来的姿态，我们在与草木的契合中，在文明的感受中，延续着这份鲜活而古老的生命。那么，就写写与草木的现世之约吧。

自然万物中一定存在着某种东西，让人在历经悲喜后依然被生之意趣所击中，远隔千里依然相信并惦记着，无疑，草木就是在有限的人生与无限的万物之间的圆融交汇。

那日在故宫见一角宫檐边探出几枝粉红的桃花，含烟带雾，像极恽南田的一幅桃花图。宫中之草木，与世间平常草木一般，哪有什么富丽与华贵，不过就是真诚地开着花，过着滚烫或清冷的一生。

你和我，我们在这世上，为这场与草木的因缘，我想这是我们为何会出现的原因。

倘若你来看我，我不在，门外，有一条蔷薇花路正伸向无尽远，那么，愿我们在这条花路上相遇。

那海

2020 年 10 月 4 日夜，完稿于台州—上海旅次

辑一

曾与梅花醉几场

一

那日在朱墙边，见宫檐一角，有白梅凌寒而开。倘若有一只绣眼俏立枝头，分明就是宋徽宗赵佶的《梅花绣眼图》。

宋徽宗所绘梅花为宫梅，精细中自有富贵之气。在他看来，扬无咎之墨梅，为“村梅”。

据记载，扬无咎居住萧洲时，边上有梅树，枝叶茂盛，有几间屋那么大，苍翠的树皮上苔藓斑斑，花开如簇。扬无咎时常临摹画之，呈给宋徽宗看。宋徽宗说：“这是村野之梅。”

扬无咎也是有趣的人。他便自署“奉敕村梅”，意为奉皇帝旨意所画的村梅。

北宋　赵佶《梅花绣眼图》页　故宫博物院藏

宋朝南渡后，宫人将这幅梅花图挂在壁间，时有蜂蝶集其上，大家这才惊叹，找扬无咎，斯人已故矣。

能吸引蜜蜂和蝴蝶的“村梅”，使得扬无咎的梅花图区别于宫梅，独步一时。

北宋　扬无咎《四梅花图》卷　故宫博物院藏

扬无咎留存于世的《四梅花图》，以水墨绘成，有“冷蕊缀疏枝，元气自融结”之誉。

同治《临江府志》称：“赏鉴家至今宝贵。”

此卷得吴镇、沈周、文徵明等人收藏印记前后多达三百余方，经历颇为传奇。它在嘉庆初年曾被收藏家陆恭所得，陆恭专门筑“四梅花阁”藏之。后此卷流落外邦，又被程桢义用“番钱三百枚”购回。此后兜兜转转，一幅“墨梅”图，让人深信人在天地间，与草木、与一些事物发生联系，是难以割舍的宿命。

二

提及墨梅，总会提到元人王冕的《墨梅图》，白色的梅花缀

满偃仰有姿的枝头，幽香四溢。

墨梅始祖其实是北宋僧人仲仁。他于元祐年间来到衡州，寄居于华光寺。后移居衡州南郊花光山花光寺，终老于梅林之中。

仲仁于月夜见梅影映窗，疏影摇曳，终有体悟，成就一艺。

仲仁的墨梅，在好友僧人惠洪看来：“华光作此梅，如西湖篱落间，烟重雨昏时节。”被这“西湖篱落间，烟重雨昏时节”的表述迷倒了。

黄庭坚睹其墨梅，赞其“如嫩寒清晓，行孤山篱落间”，又叹曰：“但欠香耳。”

不知黄庭坚是否画有梅花，据说他是最懂香气的人。多年后，追思老友，黄庭坚写下“雅闻花光能画梅，更乞一枝洗烦恼”的诗句，想必诗思也来自这花光寺的一枝墨梅吧。

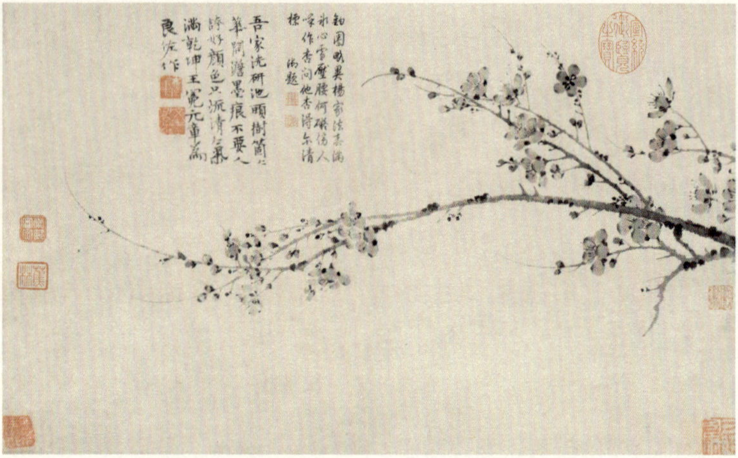

元 王冕《墨梅图》卷 故宫博物院藏

而花光和尚的“欠香”之梅，又该有怎样的香气。

倒是读过露易丝·格丽克的诗歌，她写的山梅花之香：

那山梅花的香气
正飘过窗子。
我怎能入睡？
我怎能满足，
当这个世界上
还有这种香气？

清　缂丝《花鸟图》册之梅花寒雀　故宫博物院藏

三

岁暮，友人寄来蜀地的蜡梅花。嫩黄色的花骨朵，夹在书中，跋涉山水而来，依稀还有清香。

“寻常甲子无心记，看到梅花又一年。”这是元末明初隐士吕徽之的诗句。

吕徽之是台州人，长年隐居万山之中，耕渔为生。冬日雪晴，有人前往他住处拜访，见草屋一间，家徒壁立。只觉米桶中有人，原来是先生妻，因天寒，坐于其中。

陶宗仪在《南村辍耕录》中，专辟一章，以《吾乡吕徽之先生》为题，记录了这位高格之士。

此刻，我亦在这岁暮张望，见“吾乡”两字，想起了台州。

曾在壬辰岁末，于台州东山上见过一树蜡梅，结满黄色的花骨朵，梅香暗盈。

就如一日看乌目山人的《溪山红树图》，苍浑朴丽，一时惊艳。

如今回首，人事已非，却还牵记着它盛放时的模样。

蒲华携笔砚出游四方，来到台州，是在清同治三年（1864年）。

这年蒲华三十二岁。他生性嗜酒，率然不拘，做幕僚而屡被辞退，一度寄居寺庙，卖画为生，却不矜惜笔墨，有索辄应。这个山海之地，也给了自称“生前知己许寒梅”的蒲华极大创作灵感。

我在旧称太平的温岭读书时，去过新河三官堂。这是蒲华以前住的地方，房子破旧不堪。

听闻城郊花山梅花庵，庵壁上曾有蒲华所题诗：“空山春尽忆梅花，呼伴登楼日已斜。一勺清泉消酒渴，顽僧为煮雨前茶。”

于是在腊月时前往，梅花与题诗早已荡然无存，大失所望而归。

倒是有一年在台州黄岩一位藏家处，见一幅裱边破旧款署“作英己卯年作”的蒲华《虬枝老梅图》，虬枝墨梅，满纸生机烂漫，在书卷气中透出几分山野之气。繁花疏影离离，清香扑面而来。

四

看武侠小说，被金庸《侠客行》中雪山派剑法吸引。

雪山派所居凌霄城内外遍植梅花，当年创制雪山剑法的雪山派祖师又生性爱梅，是以剑法中夹杂了不少梅花、梅萼、梅枝、梅干的形态，兼而有之，古朴飘逸。

梅树枝干以枯残丑拙为贵，梅花梅萼以繁密浓聚为尚，因而雪山剑法有时招式古朴，有时剑点密集，剑法一转，便见雪花飞舞之姿，朔风呼号之势，出招迅捷，宛若梅树在风中摇曳不定。

也曾沉浸在古龙《多情剑客无情剑》李寻欢与阿飞数梅花一节，好久走不出来：

“他不愿阿飞再想这件事，忽然抬头笑道：你看，这棵树上的梅花已开了。阿飞道：嗯。李寻欢道：你可知道已开了多少朵？阿飞道：十七朵。李寻欢的心沉落了下去，笑容也冻结。因为他数过梅花。他了解一个人在数梅花时，那是多么寂寞。”

随园主人袁枚曾言，余不喜佛法，而独取“因缘”二字，以为是补圣经贤传之缺。

那些赴山中探梅，在家里院落植梅，因路边一树梅花而突然驻足的人……是与梅有怎样的缘分……是怎样的人呢。

五

曾赴嵊州金庭，参拜王右军。墓前梅花疏离，行迹荒凉。

当年智永和尚之弟子尚杲说右军墓：“升平去大业才二百五十余年，而荒湮若此，则千载之后，将何如哉。”“吴宫花草埋幽径，晋代衣冠成古丘”，让人感叹。

冬日不宜感伤。不然，总会在岁忽终时，记起王羲之草书《平安帖》：“岁忽终，感叹情深，念汝不可往。”

我的冬日之书是《游居柿录》。这是袁中道的日记。漫长的科举考试，功名不遇，袁中道“泛舟西陵，走马塞上，穷览燕、赵、齐、鲁、吴、越之地，足迹所至，几半天下”。万历三十六年（1608年）冬，袁中道三十八岁。这年，袁中道买舟，装上干粮、书籍、字画，顺长江而下，开始他的舟行游历。

他写下这样一则日记：“（这一日）发舟回公安，两岸人家，

明　唐寅　《墨梅图》轴　故宫博物院藏

皆在雪中。风顺，飞帆甚驶。时园中蜡梅盛开，古梅正吐萼。”

我其实是停留在“园中蜡梅盛开，古梅正吐萼”中好久……

每个人都有浪迹天涯的梦想。这种亦狂亦侠的生活方式，穷尽了生命的许多可能。

万历四十一年（1613年），除夕之夜，袁中道的日记：“除夕日，归园度岁，亲友寥落，无可晤言者，唯时向梅花树下徘徊也。”

这一年，“公安三袁”中，长兄袁宗道离世十三年，二兄袁宏道已离世三年，只剩下袁中道，在梅花树下徘徊，所有的沉思孤往，沉郁凄声，都已幻化成性灵之文。

也曾读过叶绍袁的日记。隐遁为僧的叶绍袁，记录了自己从清顺治二年（1645年），直到顺治五年（1648年）生命最后四年的行踪与心迹。这个经历了丧妻女之痛，又目睹甲申之变，“昔日繁华鼎盛之处，皆成瓦砾”之人，在日记中记道：

“十五日，丁巳。晴，暖。往旧馆折梅花一大枝，奇峭古拙；崇孙又觅得红梅花、水仙花，同插瓶中。空山萧寂，晚步庭阶，深负明月。”（《甲行日注》卷五）

梅花本是寻常之物，却因与无常、与日常相伴，意味深长。

明　陈洪绶《梅石图》轴　故宫博物院藏

六

紫禁城有梅正开……

在《胤禛行乐图》册之围炉观书页中，雍正皇帝围着火炉读书，神情专注。透过隔扇隐约可见梅花悄然绽放。梅花敷色厚重，充盈着对时光的美意与祈愿。

多年前，也曾有这样一枝白梅，开在乾隆帝至宝、三希堂之珍——王献之《中秋帖》中。乾隆帝在此帖正文左边绘有一枝白梅。

很少见到乾隆帝画的梅，尤其是白梅。对于习惯在珍藏书画中题字作诗盖印的乾隆帝而言，他以白梅来表达自己珍重的心意不言而喻。

多年前，也曾有这样一枝白梅，开在陈洪绶《歌诗图》中案头的花器中。

《歌诗图》是陈洪绶晚年力作，“天下尤物”的梅，就在案头。我被这白色的蜡梅花吸引。

它在案头的花器中，姿态婀娜，似是试探，或是吸引，暗香浮动，在清冽中隐约而来。

这三百多年前的梅花，它的一生就这样定格，它的一秒，在每个注视者的目光中，都已经是日久月长（拙作《溪山可行旅》）。

清　佚名《胤禛行乐图》册之围炉观书页　故宫博物院藏

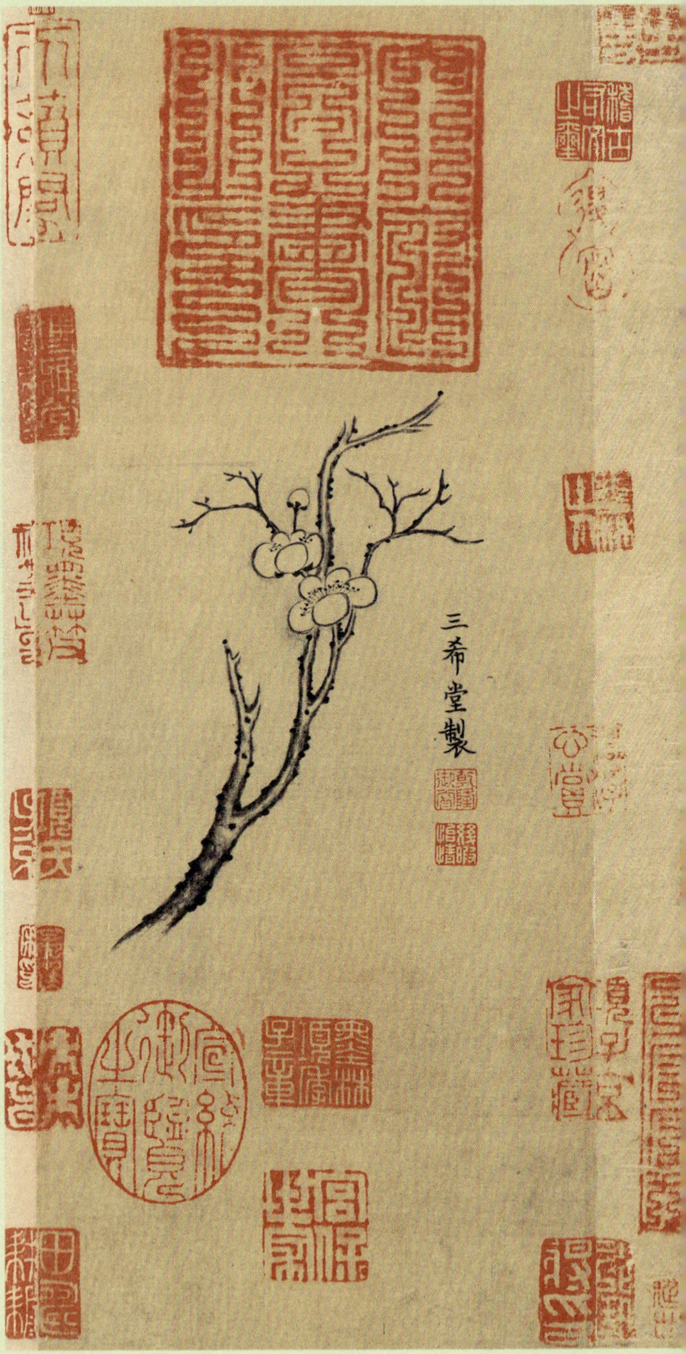

晋 王献之（传）《中秋帖》及清乾隆帝所绘白梅 故宫博物院藏

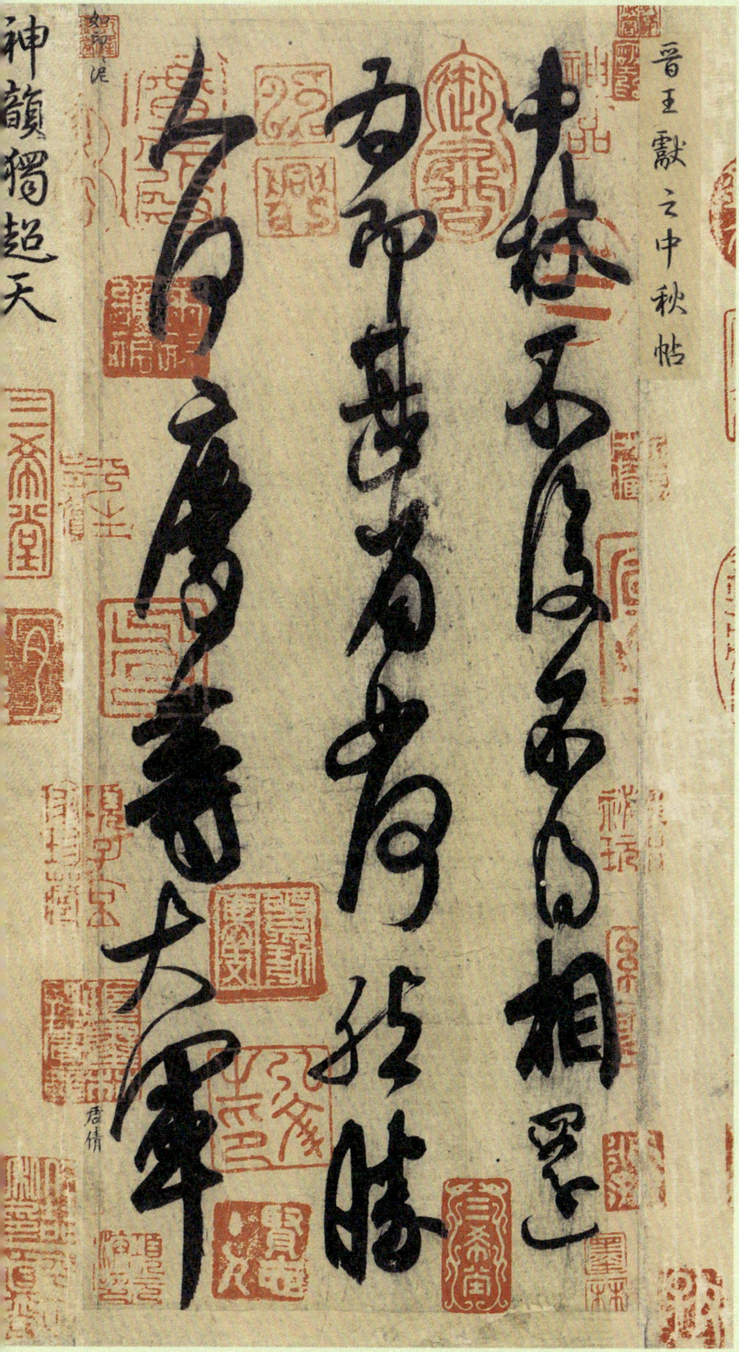
晋王獻之中秋帖
神韻獨超天

七

“江南无所有，聊赠一枝春。”

1947 年，印顺法师向太虚大师告假去杭州。

太虚大师云：归时，折枝梅吧。

到了杭州，数日后，印顺法师就听到太虚大师圆寂的消息，他折了几枝梅花立即返回上海。

在《太虚大师年谱》中，印顺法师这样记道：奉梅花为最后供养。

庚子年春日，在孤山林逋墓前，见几树红梅盛开，又有一树绿萼梅，花儿开得正好，却都是纤纤巧巧，种植时间应不长，梅妻鹤子的林逋终归有梅花在供养。

供养的梅花，总想到汪曾祺提到他曾见一幅旧画：一间茅屋，一个老者手捧一个瓦罐，内插梅花一枝，正要放到案上，题诗曰，“山家除夕无他事，插了梅花便过年”。

过年时，在施铮铮老师黄岩老家的旧屋里，看到大陶罐里清水插供大枝的绿萼梅，瓶梅俱佳，色香俱佳。这是一幕清香四溢的对来年的祈福。也很难忘。

说起来，梅花与文人也总有宿命般的相遇。

“梅花和尚”“梅道人”吴镇，“苦铁道人梅知己”吴昌硕，“梅

清　金农《墨梅图》轴　故宫博物院藏

妻鹤子”林逋，“一生知己是梅花”的姚燮，“尚留一目看梅花”的汪士慎，“晚香冷艳尚在我毫端也”的金农，还有白居易，不知在怎样的心境下，他写下了“曾与梅花醉几场”……

人们在梅花身上得到的清香而又安静的爱，总能安慰内心深处的某个地方吧。

八

进入十二月，武英殿东边的槐树叶子早已落了一地。季节更迭，万物却又有各自之情趣。流水寒烟，静谧荡漾，冬枯之景色几乎不劣于秋色。

想到一首民谣：一生都在半途而废，一生都在怀抱热望。

许多年后，让你更觉难过的，一定不是半途而废，而是你不再怀抱热望。

这样的时候，突然看到故宫右翼门的梅花的花苞鼓胀起来。

从阔石板走到丝绸博物馆的晓风书屋，沿途也会遇见两株含苞的绿萼梅，在萧瑟的水塘边上，疏落有致。

在永福寺，见一个旧禅房门口有一株绿萼梅。阳光照着，淡淡的绿，冷香馥郁，梅枝清冽，就是一幅古画。

也曾在靠近章太炎故居的地方见到两株高大的蜡梅，枝叶纷

清　余穉《花鸟图》册之梅花页　故宫博物院藏

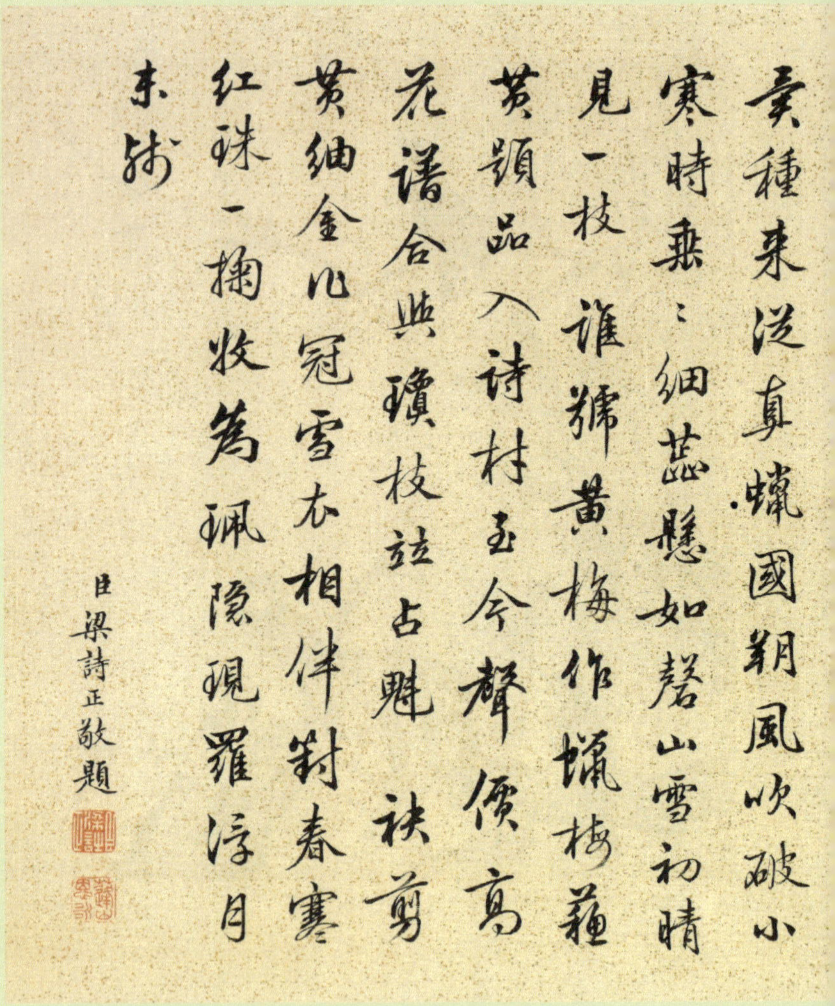

清　郎世宁《花鸟图》册之梅花页　故宫博物院藏

披，黄色的花朵，有着浮光跃金的质感，应该是好多年前种的吧。

玛瑙寺有棵蜡梅，去的时候，很寂静，花儿也自顾自地开着，夺目的黄，置身其中，被清香所包围。

据说蜡梅是蜡梅科，梅花是蔷薇科，蜡梅并不是梅花。蜡梅因开在腊月，又叫“腊梅”。可是，只要梅花就好。管不了这么多植物学知识了。

九

一日午后，外面下着雨，阴冷。突然想起那日所见红墙边的白梅。

寒梅著花未？

梅花总有让人动容的时刻。

董桥曾在书中提到《访书记》的记载，说见过清朝的一帧绘绣红梅，题了诗，又有识云：

“窗外红梅方垂垂着花，乃买丝为花写生，半月而成，落英满地矣。”

未署款，只钤一“娟”字印，押角是“心血一缕”之章。

这绘梅的，是怎样的女子。

我不敢细想。

十

那年在天台国清寺，见隋梅盛开。明明是几朵白梅，却是奇花芬芳，光色晃曜。

分明是《无量寿经》中的经句：流布万种温雅德香。

此后每每隋梅盛开时，总想着去国清寺。

这也是我的执念吧。

就如风寒雪紧时，却有梅正开。

那么，冬夜，一壶绍兴黄酒，放上桂花、红糖小火温下。

或可与梅花醉一场。

春寒料峭 玉兰开

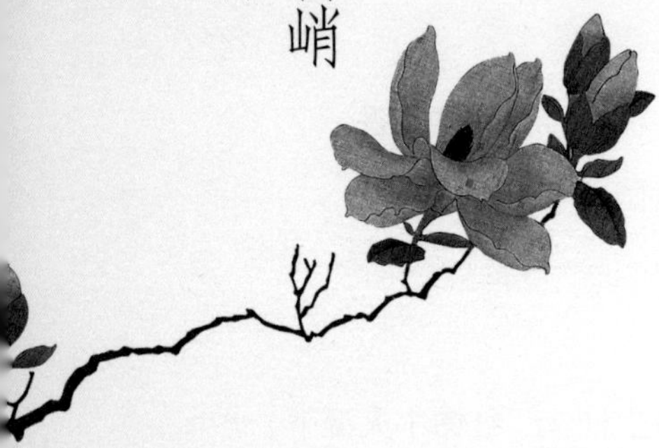

一

玉兰初开。花瓣舒展，温婉秀丽。花下的人猝不及防，听见满眼的春天在轻声细语。

曾在钟粹宫的古玉兰树下坐了良久，被玉兰的芳香所包围。再多坐一会儿，总觉得应该会发生什么。可是，能发生什么呢？

钟粹宫是东六宫之一，明清两代作为后妃居所，后来末代皇帝溥仪进宫后曾在此居住。这里的两棵玉兰树，植于二百年前。

清人戴名世在他的《慧庆寺玉兰记》，也写到二百年树龄的玉兰。那是康熙四十六年（1707年），戴名世五十五岁，客居苏州。

钟粹宫的玉兰

“（慧庆寺）玉兰在佛殿下，凡二株，高数丈，盖二百年物。花开时，茂密繁多，望之如雪。虎丘亦有玉兰一株，为人所称。”

此后，名满吴中的虎丘寺玉兰“意象渐衰”，终至枯萎。位于荒凉之地的慧庆寺的玉兰却依然如故。

“玉兰方开，茂密如曩时……花虽微，而物理有可感者，故记之。”戴名世为之感慨，写下此文。

花开花谢，自有时节，原本与人事无关，并不因人对它的知遇与否而决定它的盛衰。它所蕴含的事物盛衰之理却让人有所感悟。

春寒料峭时，紫禁城玉兰，亦为报春之花。

李渔《闲情偶寄》中写玉兰："世无玉树，请以此花当之。"李渔对玉兰的情绪是复杂的：

"千干万蕊，尽放一时，殊盛事也。但绝盛之事，有时变为恨事。众花之开，无不忌雨，而此花尤甚。一树好花，止须一宿微雨，尽皆变色，又觉腐烂可憎，较之无花，更为乏趣。"

在李渔看来，本可以"玉树"称之的玉兰，下一场雨，便是"尽皆变色"了，"盛事"有时"变为恨事"。

每每此时，对玉兰情有独钟的人，只能以千年来命中注定的优雅，重新诉说她的种种含义。

二

古人喜欢将花之美绘制在器物上，悦其姿色而得其精神。

清宫中也有以金银、珠宝、翡翠等贵重材料制作的点景，配以珐琅、玉石等工艺制作的盆景，衬托宫廷的富丽堂皇。

以玉兰为主景的上乘盆景之作，清宫藏有画珐琅长方盆玉兰盆景。

青绿覆地，花瓣洁白，再配以紫红树干。

"已向丹霞生浅晕，故将清露作芳尘。"它将玉兰最绚烂的一

明　孙克弘《玉堂芝兰图》轴　故宫博物院藏

清　青玉玉兰花插
故宫博物院藏

刻得以凝固。

紫禁城的古物，总有沉静、厚重的内在激情。

花瓣轻轻落下，红墙，黄色琉璃瓦，古朴又庄严的建筑……晨暮的时刻，时间塑造的面貌，世间之事，无不经由了人力与心力。

那些让我们不安的东西，始终都有着平静的面目，这或许正是美学的事实。

明代德化窑玉兰尊就有着这般平静的面目。

那一枝皎洁清丽的玉兰花，安静地呈现在这尊造型古雅的白瓷中，已抵世间繁花无数。

清　雍正款粉彩玉兰牡丹纹盘
故宫博物院藏

此尊德化窑乳白温润的“猪油白”，是后人难以企及的技术与美感的高度。

艺术首先是一种技术，当它将超俗的心灵注入艺术形象，呈现灵魂生命的境界，才成全了艺术。

就如希腊雕像里都有一个伟大的沉静的灵魂，在温克尔曼看来，“艺术家必须先在自己内心里感觉到他要印入他的大理石里的那精神的硬度”。

我总觉得注入德化窑的玉兰尊的，定有一个绚烂、简淡、含蓄的心灵。

就如古雅白瓷中的那枝玉兰。

如此安宁，又如此地充满天意和定数。

一眼入魂。

三

慈宁宫咸若馆前有白玉兰和紫玉兰，花开的时候，咸丰皇帝没有忍住，写了句诗：“咸若馆前三月半，琼葩一树玉玲珑。”

咸丰二年（1852 年）二月十一日，叶赫那拉氏被选秀入宫，赐号兰贵人。兰贵人就是后来的慈禧太后。

据说慈禧太后乳名是“玉兰”，咸丰帝心仪玉兰花，就将“兰

清　邹一桂《玉堂富贵图》轴　辽宁省博物馆藏

贵人”赐予获选入宫的叶赫那拉氏。

1983年出品的电影《火烧圆明园》，在选秀女一场戏中，就是利用了此说，巧妙地安排咸丰帝与叶赫那拉氏见面，其道具就是绣着玉兰花的手绢。

当然很难考证这个说法。

倒是清宫旧藏中有一件品月色缎绣玉兰飞蝶纹氅衣。上绣五彩折枝玉兰花，镶饰龙纹边饰。

在研究者看来，这件晚清后妃服饰绣品精良，“折枝玉兰”纹饰，无疑是慈禧太后所喜；龙纹边饰，在后妃便服上也并不多见。或许就是慈禧太后御用氅衣。

想象她穿的时候的模样，走在玉兰树下，交织了汲汲渴望与荣耀，化为浓重的华丽与寂寞。

“多情不改年年色，千古芳心持赠君。”这首明代朱日藩的《感辛夷花曲》，写的就是帝王与玉兰的情缘吧。

四

《易·系辞下》有句让人反复品味的辞：“天地细缊，万物化醇。”

玉兰新开时，如同白玉质地的杯子，晶莹、明丽，又是饱满的、丰富的。春日生发的此等氤氲之气，使得天地万物芳醇旷远。

而那些赏花的妃子，可曾遥想桃花心木梳子，梳理闲愁，云鬓轻挽，过一种叫沁园春或者如梦令的诗意生活……

四月，后妃们赴庭院赏花。一肌一容，尽态极妍。

雅宅旁、曲廊畔，玉兰、牡丹、芍药漫开覆地，堆红砌绿。

“最是一年春好处，绝胜烟柳满皇都。”这是故宫博物院收藏的清人陈枚的《月曼清游图》册之庭院观花页。

玉兰花下，紫禁城花色正浓，在有限的画面上，留下后妃们或寂寞或旖旎的心绪。

《论语》中记曾皙言志：“暮春者，春服既成。冠者五六人，童子六七人，浴乎沂，风乎舞雩，咏而归。”夫子喟然叹曰：“吾与点也。”

这是儒家的理想，在天地之间自由自在，谓最高的乐处。

王阳明有诗“铿然舍瑟春风里，点也虽狂得我情”，亦是对曾皙理想的肯定。后妃于春日赏花，粉林春满，俯仰之间，也已尽数寄于凭栏人的一望。

如果说山川草木，是宇宙诗心的显现，那么紫禁城的植物，正以饱含的诗心与灵性，让人体悟这座古老的宫殿的生命力与意境。

此生无可把握的不可见性，在这短暂的瞬间，浸透到富有意味的存在中。

清　陈枚《月曼清游图》册之庭院观花页　故宫博物院藏

五

前阵子看过一部关于植物的纪录片《植物私生活》。

里面提到一棵在史前开花的木兰，它的一颗种子沉睡了2000年后才开始生长。植物学家将它种下，它不可思议地发芽，长成树，还开了花。这就是珍稀的星花玉兰。

紫禁城的植物，大多为古木名花。

有“最老的树”之称的，是武英殿断虹桥的十八棵古槐，号称“紫禁十八槐”，又称“十八学士登瀛洲”。

它们与这座宫殿一起，见证了六百年的历史烟云。

紫禁城也是山水草木之城。古柏、松树、梅花、二月兰、地黄、红梨花……摛藻堂前如今也植有玉兰，这里也有被乾隆称为“遮荫侯”的古柏。“摛藻堂边一株柏，根盘厚地枝拿天。八千春秋仅传说，厥寿少当四百年。”

摛藻堂也曾是乾隆四十四年（1779年）后贮藏《四库全书荟要》的地方。“庭绕芳毯铺生意，座有芸编结古欢。”

芸是指多年生草本植物芸香，夹入书中可防虫蛀，故以芸编称古书。庭绕芳毯，座有芸编，紫禁城的楹联也有如此强烈的草木气息。

世事无常，草木荣枯，生生不息，也让人窥见自然万物的生

清　余穉《花鸟图》册之玉兰页　故宫博物院藏

机与历史运行的节奏。

红墙里的玉兰，它的每一朵花，每一片叶子，以诚恳，以空灵，以纯粹，等待世人的解读。

这是一种愉悦的、确凿的疏离感。它其实已经习惯这繁盛与凋零。

就如每件事物都会消亡，而草木，总能让人带着对季节的感激，成为安身立命的依据。

如此想来，大自然与古老的宫殿之间必有一个神秘的契合点，才能让有限的个体生命，得以去把握超越时间的永恒之美。

时间静静淌过紫禁城。

玉兰在绽放的那一刻，并不是在向有限的春色做无限制的欲求。

它是在有限的春色里留得无边在——这才是它的动人之处。

却道海棠依旧

一

三月的时候，在永寿宫，海棠尚未盛开，花蕾红艳，似胭脂点点。

永寿宫是妃嫔们居住的西六宫之一。花极盛时，满树粉红，云蒸霞蔚。花色娇艳，有馨香萦绕，这是西府海棠。

明代《群芳谱》记载：海棠有四品，皆木本。即：西府海棠、垂丝海棠、木瓜海棠和贴梗海棠，习称“海棠四品”。

四品中，唯有西府海棠香气怡人，艳冠群芳，是海棠中的上品。

张爱玲曾言：人生三大恨事，一恨鲥鱼多刺；二恨海棠无香；三恨《红楼梦》未完。估计她没有闻过西府海棠的沁人之香。

紫禁城有多处植有海棠，慈宁宫花园、御花园、宁寿宫区，皆可见海棠绰绰风姿。文华殿前也有两排海棠，春日重葩叠萼，一树千花，俨然成了一条海棠花道。

夏孙桐《观所尚斋诗存》注：“曩偕右衡同直会典馆，尚无此花（作者注：海棠），后设政务处，于晦若侍郎所植。癸卯，同考试差，借榻花下。”

夏孙桐为光绪壬午（1882 年）举人、壬辰（1892 年）进士，翰林院编修。民国初，夏应聘入都，纂修《清史稿》。

文中“于晦若侍郎所植”，指的是清末重臣于式枚亲自在政务处植海棠。

旧政务处，就是指文华殿。始建于明永乐十八年（1420 年），初为皇帝常御之便殿，后为太子正殿，嘉靖十年将绿瓦换成黄瓦，为皇帝便殿。到清代改为经筵之所。乾隆年间于圣济殿遗址上加盖文渊阁，形成今日格局。

清人郭曾炘《匏庐诗存》有《旧政务处海棠花下追怀寿州长沙二老》两首：

“二老风流不可亲，庭隅负手独逡巡。青油日看宣明面，知有花枝解笑人。”“酹酒难忘手植辰，名花也是劫余身。东风嫁尽新桃李，未恨无香媚路人。”

朱红色宫墙、明黄屋瓦，暮春之际，拆苞吐馥。盛开时艳如

清　余穉《花鸟图》册之海棠页　故宫博物院藏

赤霞，娇如晴雪，顿有一眼万年之感。海棠树下，让人生发“名花也是劫余身”的感慨。

明朝永乐十八年（1420年），绛雪轩开始出现在紫禁城，作为皇帝和后宫嫔妃赏花歇脚的地方。

《清史述闻》记载，御花园内绛雪轩前种植了很多海棠（一说五株），春日，“千朵万朵压枝低”，粉白色海棠花落英缤纷，“绛雪轩”由此得名。

可惜后来慈禧太后将海棠换上了太平花，或有祈求太平之意。

如若说春天的故宫没有海棠花，又会怎样。那就如过了一个乏趣的春天吧。

二

那日沿着西湖，穿过海棠花、杨柳与玉兰交织的路，来到蒋庄，这里是马一浮的故居。

两棵一百多年的广玉兰树，枝繁叶茂，盘根错节，枝干探在湖水中。总觉得蠲戏老人正拿着一卷书，在门前望着湖对面的南屏山。

蜡梅已经开过。垂丝海棠正繁花累累，娉婷婀娜，浓淡刚刚好。

几处紫叶李，粉白的色彩，花儿开始凋谢。

白玉兰新开时，晶莹剔透。紫玉兰则艳丽明净，端庄地撩人。才几日看上去就有点旧。用南宋书家吴琚的说法就是，“几日不来春便老”。

有马一浮题于壬午（1942 年）冬十一月的《题山中腊梅》，“花香不共世情疏”。而今在斑驳的墙壁上，静默着。

许是好久没有游人，鸟儿很肆意地低空掠过，在海棠树上互相鸣叫，好像这世界是它们的。

在湖边，有一树桃花开得早，蓄满花蕊，娇艳媚人。枝干垂到水面，俯仰生姿。

想到有句诗，三月桃花浪。

后面还记得一句，碧色动柴门。这两句就够了。

春风一来，海棠亦有桃花的妖娆了。一路揣摩着诗句，甚是美妙。

陈继儒曾以文赠友人，“别来从句读中暗度春光，不知门外有酒杯茶事。每忆祇园昙观，草绿鸟啼，追随杖履之后，笑言款洽。如此佳况，忽落梦境矣”。春日总让人怅然追忆。

然而春风一起，再下一场春雨，“海棠经雨胭脂透”，这是北宋的宋祁，对海棠的独辟灵境的描写。

“海棠不惜胭脂色，独立蒙蒙细雨中。”陈简斋延续宋祁之风，写一个倾城女子，薄施脂粉，立于细雨之中。

南宋　佚名《海棠蛱蝶图》页　故宫博物院藏

细雨、女子、海棠花，本是雨中熟悉的景致，在文人笔下，皆成妙境。

雨中的海棠，亦是张伯驹的“值雨流光红湿，一片迷蒙”。

张伯驹最爱海棠，自称“海棠颠”。西城丛碧山房院里有海棠七株，每逢花季，张伯驹宴客于花下，“拥绛雪、花压阑干”。

曾见过一张照片，张伯驹拿着一卷诗书留影于盛开的海棠树下，那就是在丛碧山房，真是丰神俊朗。

津门富豪大盐商李善人花园，有海棠数十株，逢花季娉婷万态。20 世纪 70 年代，张伯驹每于花开时节赴之，诗词酬唱。《小秦王》词尾记道：“天津故李氏园海棠成林，每岁皆与津词家联吟其下。风来落英满地，如铺锦茵，余愿长眠于此。”

张伯驹捐赠给吉林省博物院一幅南宋杨婕妤的《百花图》卷。“此卷欲自怡，以娱老景。”《百花图》卷现为吉林省博物院的镇院之宝。张伯驹倾一生之力收藏的晋代陆机《平复帖》、隋代展子虔《游春图》、唐代李白《上阳台帖》等，也都悉数捐赠。

这些珍贵的藏品在无常中得以留存，又有多少人倾其一生在守护着。

话剧《海棠依旧》，叙述一群故宫护宝人保护故宫文物的故事。海棠依旧，这也是老故宫人精神的一种延续。

“余所藏晋唐宋元名迹，尽归公家”，足见张伯驹一生的平静和勇气。

总让我想到松尾芭蕉句："可贵的人，见闪电掠空，但不觉人生一场空。"

三

苏轼在黄州时，寓居定惠院东小山。杂花满山，有海棠一株"嫣然一笑竹篱间"，因作《海棠诗》，"只恐夜深花睡去，故烧高烛照红妆"，被黄庭坚称为"古今绝唱也"。

海棠"花白而圆，如大珠累累"，香色皆不凡。每岁盛开，苏轼也必携客置酒。这是人与花彼此的盛情。

怡红群芳夜宴，史湘云掣出一根签，大家看时，一面画着一枝海棠，题着"香梦沉酣"四字，那面诗道："只恐夜深花睡去。"绰约风姿，丰茂柔美，率真脱俗，群芳中，史湘云自然是当得起"海棠"了。毕竟，海棠素有"国艳"之称，世称"花贵妃""花尊贵"。《群芳谱》称海棠"其花甚丰，其叶甚茂，其枝甚柔，望之绰绰如处女"。

怡红院中的海棠当然有名。其势若伞，绿垂碧缕，葩吐丹砂，赢得众姐妹欢喜。宝玉题诗，"绿蜡春犹卷，红妆夜未眠"，这"红妆夜未眠"，想必与后来川端康成所说的"凌晨四点醒来，发现

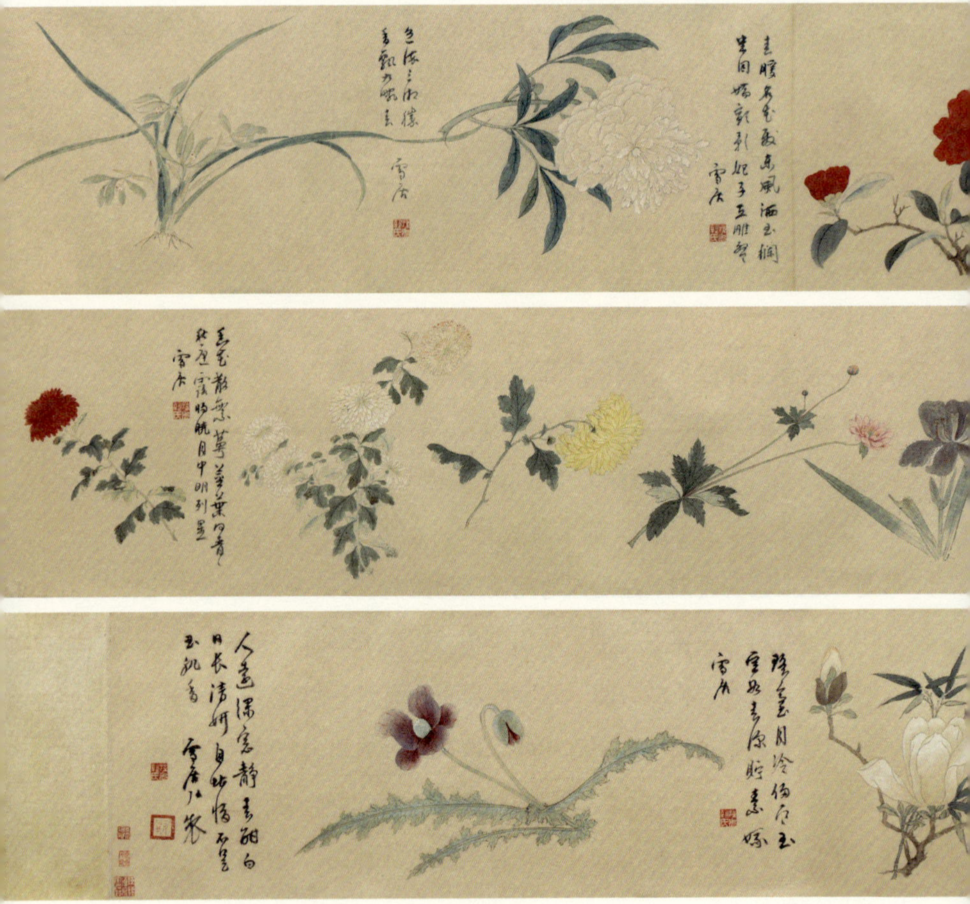

明　孙克弘《百花图》卷　故宫博物院藏

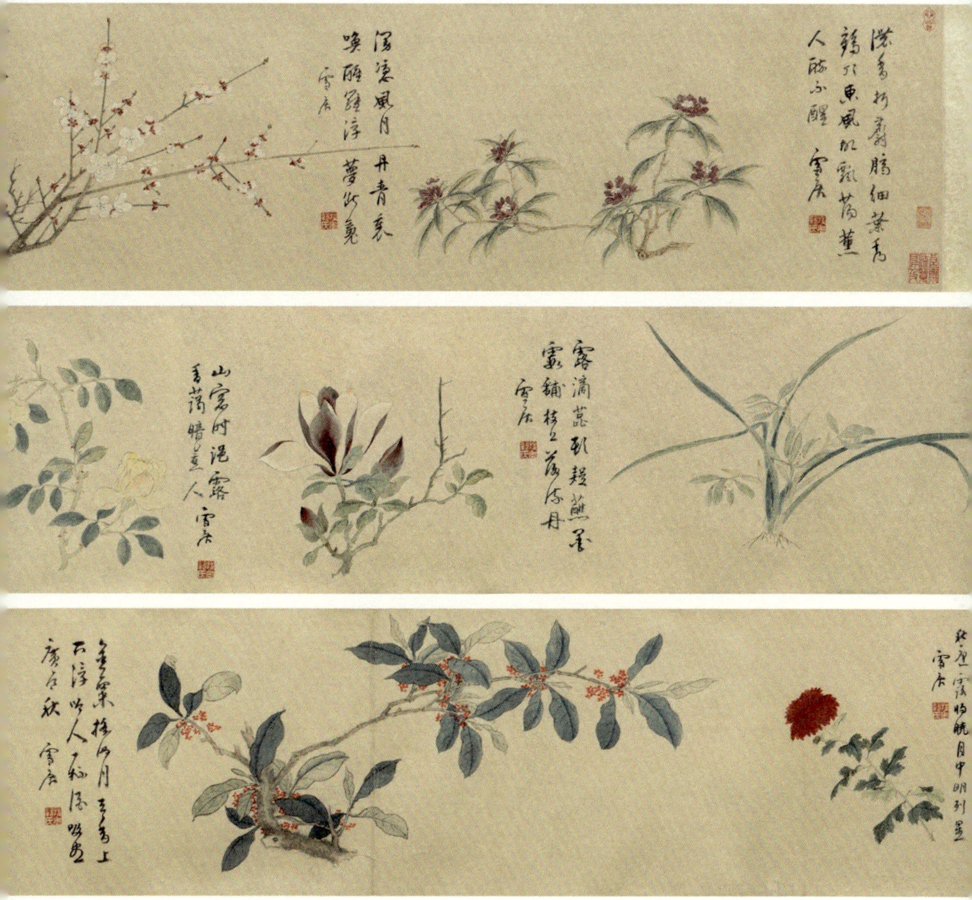

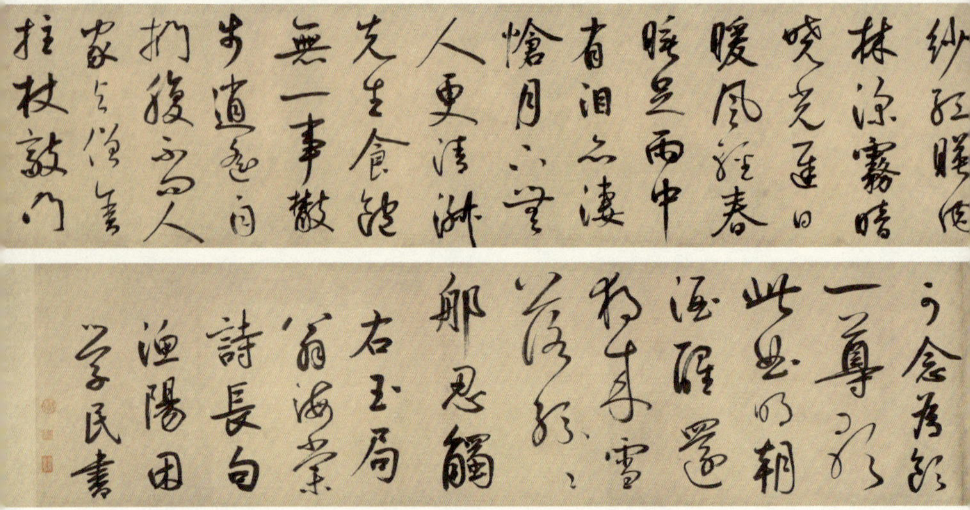

元　鲜于枢　行书《苏轼海棠诗》卷　故宫博物院藏

海棠花未眠”（川端康成《花未眠》）有异曲同工之妙吧。

尽管花在夜间是不眠的，是众所周知的事。然则，就如瞬间发现美的真谛，在已凝固的文字或笔墨中，窥测当时曾贯注于其间的生命跃动，这有限的时刻，不知是用尽多少时光交换而至。

说起来，文人中喜欢海棠的还真是多。

季羡林笔下的海棠花绚烂至极，朱自清最恋的也是西府海

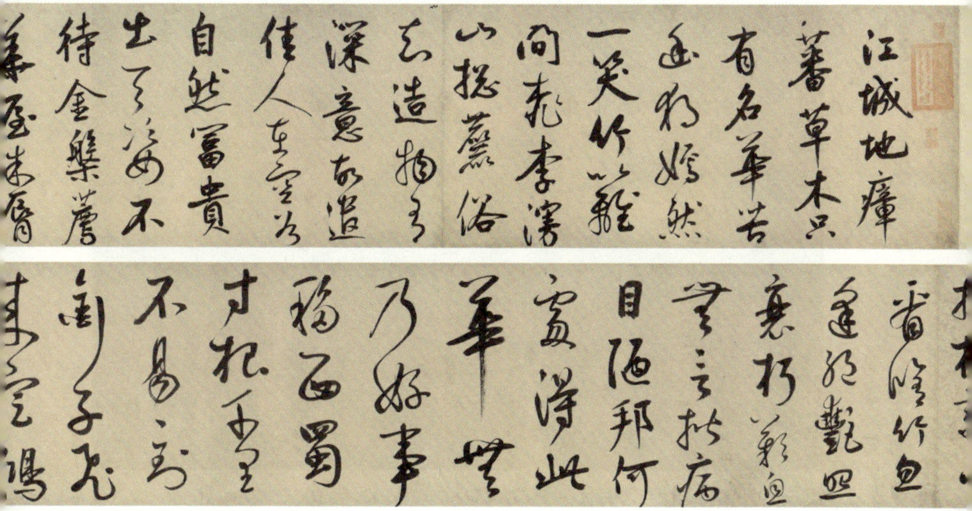

棠。“繁花老干的杏，临风婀娜的小红桃，贴梗累累如珠的紫荆，都不如西府海棠。”看他回赠马孟容《八哥海棠图》的《月朦胧，鸟朦胧，帘卷海棠红》，只看文章题目，还以为是琼瑶写的。

周瘦鹃先生家的园子里栽有两株西府海棠，花五瓣，未开时花蕾像胭脂般鲜红，开放后则像晓露般明艳。

叶圣陶在北京的庭院里也有两株花树，一株是海棠，另一株

南宋 佚名 《花卉四段图》卷之海棠 故宫博物院藏

自然也是海棠。枝间新绿，红蕾初藏，春风荡漾，满园烂漫。

喜欢周梦蝶的一首诗，《人在海棠花下立》：

“毕竟人与树与花与流光谁为谁而妩媚？”

这时候，或许应该学苏轼，也应略备酒菜，奉上去年初夏酿成的梅子酒，请几位至交赏花。

故宫博物院收藏的一个饰物，名为点翠海棠花纹头花，是用翠蓝色的鸟羽、白色玉石制成的海棠花纹头饰。

它可能是传说中的乾隆帝的定情之物，也可能是清宫一个后妃哪里觅到的心爱的头饰。

清　点翠海棠花纹头花　故宫博物院藏

不论它经历了什么，如今都静静地散发着淡雅的饰物的气息，它比它的主人活得更长。

四

春日听着雨声，看着书桌上白色瓷瓶里新插的一枝重葩叠萼的海棠。

如明代李日华看到文寿承草书中的“寂寂寥寥无个事，满船风雨满船花”，得片刻之闲，别有滋味。

海棠终归也是通人性的。

清代邹一桂有一幅《白海棠图》，两枝海棠，白色的花粉团簇拥。

雍正壬子（1732 年），邹升恒撰书《白海棠诗》并诗序，序中载："静海励文恭（励廷仪），手植海棠二枝于家之庭，每当敷荣时，红云覆砌，迄今二十年。公以尚书卒官，灵舆归里，正值清秋，忽繁素萼两树如雪，见者异之，佥谓草木之知恩。"

原来这两株本来开着红色花朵的海棠花，见励文恭去世，忽然开了白花，以两树雪白的花悼之。

所谓草木知恩，也就如此了。

就如晴雯去世，怡红院的海棠死了半边。海棠也是曹雪芹寄情之花。

古龙笔下的李寻欢，从关外回家，他记得春日里这里四面都开遍了一种不知名的山花，缤纷馥郁，倚着朱红的栏杆赏花饮酒，淡酒也变成了佳酿。这山花，也许应该就是海棠。这山遥水远的海棠，一下子就扯到了回忆之中。

三月的时候，故宫出版社的编辑发来一张玉兰图，她说：这是摛藻堂外的玉兰。海棠刚长新叶。

倘是四月，永寿宫的海棠，两棵高大的海棠树，落下一地粉红花瓣，教人不安。

清　碧玉盆玉石
海棠花盆景
故宫博物院藏

记起住在富春山上林湖的日子。有个春日下午，院子里很寂静，却又似与往日不同。往窗外望去，海棠花落，满地胭脂。万物都有个告别。生命正在低声细语。尘世喜见，风一吹，就都散了。

我有夜醒来，抓起一本书读。见书里似有太多心事。一看，是吴梅村的诗。

半夜，只想应和一句：能了诸缘如梦事，世间唯有海棠花。

曾在京都的寺院，见到虚开的寺门，半树海棠，春色如许。门上毛笔书四字：相见谢绝。

山茶一树花

一

四月了，山茶花依然开着。曾经租的房子，在凤起路社坛巷一楼。有个后院，种着一株金橘树。去看房的时候，金橘还挂在树上，阳光照着，闪烁其间的光线很是耀眼。厨房有个窗，正对着一树红色的山茶花。花里弥漫着沉默和温存。我说，好的，就这里了。

草木中大概只有山茶花才有这样漫长的花期。从深秋到暮春，甚至初夏。

它的颜色，或朱红，或霜白，抑或这两种颜色的调配色，有深浅明暗，花叶深绿，花蕊明黄，冷暖色交织。一年的花事，历经大半。故而每每见山茶花开，总有说不出的情绪。

《南诏图传》里有两株古茶花树，植于南诏奇嘉王细奴逻庭院的圆形花坛中，高过屋檐，大朵朱砂红花，极为鲜妍。

这卷纸本彩绘的诏代大理佛教画卷，完成于唐光化二年（899 年），也是中国绘画中最早出现的山茶形象。

山茶花又名“曼陀罗花”，是佛教中的吉祥花。多少年来，那枝叶纷披的红色山茶花，如同这幅画卷的诞生，都是传奇，想必在安慰着路上求索的人们。

写山茶花的诗句很多，王十朋《山茶》中写道：“道人赠我岁寒种，不是寻常儿女花。”尤为喜欢。

山茶花，最早生长于喜马拉雅山脉。高者丈余，花大盈寸。其栽培历史可追溯到蜀汉时期。

《本草纲目》曰：“山茶花其叶类茶，又可作饮，故得名。”

《花经》中，山茶被列入七品三命。

这些引经据典的科普，厚厚的阐释，对我们来说，并不重要。

如果可以拥有一个花篮，我希望是南宋李嵩的《花篮图》（台北故宫博物院藏）里的花。藤篮中的花，有单瓣红山茶、水仙、绿萼梅、瑞香和丁香等花卉。

在浑然一体又笔笔分明的严谨中，画家以适宜的节奏，将居于主位的红山茶与其他花卉，以丰富、沉着、逼真的风格，让人

南宋　李嵩《花篮图》页　台北故宫博物院藏

全神贯注到这个花篮之中。

看到的是花，其实也是世道与人心。

二

故乡玉环栈台也有一株相传是清道光三年（1823年）的茶花。

老枝遒劲，附屋檐而上。花开明丽，香气袭人，还会结出紫红的果子。

几年前回老家，居然不见此树，大吃一惊。在那旧址寻找好久，已彻底不见踪影。问起村里的人，说是被寺庙的香火熏死了。

在漫天大雪中，它曾枝繁叶茂，花朵纷繁。如今，一树荣枯，就这样归于寂静。

如同某些恒常的形和物，在特定的地方特定的时刻，履行了一场仪式，就告别了，不再理会人间。

可是，没有山茶树的童年，没有那些等待花开的时光，童年的一大段记忆就已被抽离而去，终归是失落的。

总想到传为宋人苏汉臣的《冬日婴戏图》。

冬日暖阳，两个孩童在庭院中与小猫嬉戏。背景中，红色的茶花，白色的蜡梅，开得正好。勾勒细密、敷色妍丽的山茶，与可爱的孩童，充盈着世俗生活的快乐。

这让北宋院体画派细腻、写实之风突然有了轻松与天真烂漫的格调。

有时突然有了错觉，看到这幅画，似乎看到童年时的伙伴与那棵山茶树。

去年夏天在京都何必馆，看到北大路鲁山人的艺术展，其中就有一只有着山茶花纹样的椿钵饭茶碗。

北宋　苏汉臣（传）《冬日婴戏图》轴局部　台北故宫博物院藏

清　改琦《天珠山茶图》扇面　故宫博物院藏

山茶花也叫茶花、山茶、茶梅，日本人的写法为“椿”。

北大路鲁山人的陶艺作品，许多以山茶花为主题。相比樱花之唯美与花期之短暂，山茶花则以生命力强胜出。椿钵又被解读为寓意孤高之美，意为鲁山人一意孤行的特质。

这只碗的外侧与内侧都开满茶花，鲁山人真是一个任性的人啊。我买的一个复制品，回来后在碗里倒上水，忽觉山茶花插在其中，甚是惊艳。

在寺庙边也总能见到山茶花。在冬日去北京法源寺，没看到丁香花开，几株山茶花，倒开得烂漫。

同去的友人便说起西山某寺的茶花，说一棵茶花，占了大雄宝殿前的院子的一多半。花开时，至少有上百朵，花皆如汤碗口大。碧绿的厚叶子，通红的花头，使人不暇仔细观赏，只觉得轰轰烈烈的一大片，真是壮观。

寺里的和尚怕树身负担不了那么多花头的重量，用杉木搭了很大的架子，支撑着四面的枝条。

“我一生都不曾见过这样高大的茶花。”她说，“其实这是年少时看一本书写的，一直觉得这场景如同亲眼目睹一般。”

三

古寺山茶，当是别有意蕴。海岛上的山茶花，尤为惊艳。

我曾去到东海上的一个孤岛，那个名叫洋屿的小岛，居民大多迁徙，石屋颓圮，茅草丛生，如置荒岛。

然而，废弃的院落一角总能探出一树山茶花。走在环岛的小路，一转角，路边的藤蔓间，又一树山茶花正在自顾自地开着。它们怡然自得，安之若素，全无世事盛衰无常之感。

这些红色、白色、粉色的山茶花，竭尽全力地生活，简约，纯净，淡然无香。在我看到它们之前，或许这一切都只是些弥散的回响。

在这之后，或在一个神秘而又必需的无限境地，以一朵花的分量存在，犹如那盘根错节的因果在时光深处的相逢，似乎也只

南宋 佚名 《山茶蝴蝶图》页 上海博物馆藏

有浩瀚的东海，可以缓释与呼应它的性情了。

白先勇有篇文字怀念友人王国祥，写到茶花：山谷中，湿度高，柏树出落得苍翠欲滴，夕照的霞光映在上面，金碧辉煌，很是醒目。三四月间，园中的茶花全部绽放，树上缀满了白天鹅，粉茶花更是娇艳光鲜，花园终于春意盎然起来。

本是死生契阔的文字，白先勇因这茶花，有了生之抚慰。

花坛上有一盆茶花，还有杜鹃、黄杨、迎春、罗汉松。茶花并不出奇。暮色沉沉，朦胧之中，红艳艳的，分量刚对。汪曾祺说："仿佛从我心里搬出来放在那里的。"

花鸟画家张浩曾与我说起多年前的一个大冷的日子，他在山间看到一棵怒放的山茶树。那棵山茶枝干很长，暗绿的密叶里，满是明丽似火的花。顿时被击中，无法忘记。

此后很长的时间里，他画了很多幅山茶花。

对画家来说，看到山茶花的那一眼，想必就是人们说的"一眼万年"吧。

关于红山茶，总想到戴望舒写的萧红墓，"走六小时寂寞的长途/到你头边放一束红山茶/我等待着，长夜漫漫/你却卧听着，海涛闲话"。

对于艺术来说，苦涩总是比喜乐有着更耐人寻味的穿透力。画里有时弥漫着感伤，总能更打动观者之心。走六小时寂寞的长途，到你头边放一束红山茶。这样沉郁的情绪，林风眠是能懂的。

四

在玉泉路上的林风眠故居，庭院杂草丛生，去的那天，看边上还横着一辆电瓶车。有几株红山茶，结满花苞。待它绽放，它依然不知道往日的烟云。

我也只能逡巡徘徊，试图寻找这位 20 世纪的艺术家的气息。

林风眠曾在此处含蕴他的巨大的热情。

他的克制的抒情、平衡和调和，他的寂寞的灰烬抑或燃烧的火焰，他画笔下那仕女画中的一种“诱人的欢欣”，静物中的蒹葭苍苍的诗意，与这灵隐边上的浅灰色两层建筑的小楼，曾经遍植梅、桂、梧桐、凌霄，还有他自己亲手培育的玉米、草莓等作物的庭院，总有些丝缕的联系。

“回栏欲转，低弄双翘红晕浅。记得儿家，记得山茶一树花。”这是 1905 年，李叔同旅居东京创作的水彩画《山茶花图》的题跋。

归国后写出“一壶浊酒尽余欢”(《送别》)，后剃度为僧，“悲欣交集”的弘一法师，在他年轻时，将自己放逐于各种可能，山河浩荡，赏尽千年一瞬的碧绿。

山茶一树花，安慰着旅人的寂寥。

其实李叔同的“山茶一树花”，只画了一朵山茶。川端康成在斯德哥尔摩讲台上，讲到画和茶道，他说：“要使人觉得一朵

明　陈遵《山茶白鹇图》轴　故宫博物院藏

宋 佚名 《雀山茶图》页
美国纳尔逊·阿特金斯艺术博物馆藏

花比一百朵花更美。”

日本茶道千利休说到在茶室壁龛里只插一朵花，这朵花，是要在许多山茶花中，挑选花小色艳，只有一个蓓蕾的花，而且应该是没有杂色的洁白的山茶花。

前几天看到一个电影《寻找千利休》，讲的是茶道大师千利休的传奇一生。果然，正值山茶花开的时节，千利休的妻子看到院落中山茶花开正妙，折取白色一朵，放在石井边。

读到日本禅僧义堂周信之笔《山茶花》，“老屋凄凉苔半遮 / 门前谁肯暂留车 / 童儿解我招佳客 / 不扫山茶满地花”。

长满青苔的老屋门前，山茶花落在地上，将繁花落在青苔之上，华美至极，又寂寥之至。

“不扫山茶满地花。”

文字是淡淡的，随手披拂都是浓郁的感情的流溢。

五

说起来，山茶花总以吉祥、长寿的意象出现。吴昌硕、齐白石、黄宾虹都曾画过山茶花，各有意态与精到之处。

陈师曾画过一幅《芭蕉山茶图》轴。芭蕉已枯黄凋败，山茶却开得正盛，红花配墨叶，师曾却已早逝。

张大千有幅工笔人物画《持花仕女图》，一古代仕女持重瓣红山茶，与陈洪绶的仕女终归不同。陈洪绶的仕女手持梅花的姿势，有高古之气。在张大千的仕女图里，这持重瓣红山茶的仕女则如同邻家女子，觉得亲切。然而山茶花并不是那种幽微的、随时随地都要湮灭的花，却让人涌起无限的珍爱之心。在荒芜的冬

近代　陈师曾 《芭蕉山茶图》轴
故宫博物院藏

明　佚名　《山茶花小禽图》轴
日本京都国立博物馆藏

月，突见山茶乱开，心中难免还会凛然一惊。

可可·香奈儿说：山茶花，不只是一朵花。在香奈儿的时尚世界里，山茶花无处不在。

香奈儿喜欢白色素雅的山茶花。那或许就是千利休的妻子石井边的那一朵。当然，也是她一生挚爱亚瑟·鲍依·卡柏送她的第一束花——山茶花。

山茶花口红中，我对色调偏暗红、有种枯木玫瑰调的红棕色口红欲罢不能。每每用时，总觉得带了一朵山茶花在身边。

这都是人赋予一朵花的情绪吧。花原本认真细致地开着，没有顾及我们的情绪。

冈仓天心写花，说那些理想的爱花者，应该是那些在花的故土拜访花的人。

山茶的故里在何处。其实无须追问。

人这一生，遇见许多有趣的人，遇见草木，都只为以某种更开阔、更丰富的方式重返自己的内心。山茶花也是。

梦中犹记牡丹花

庭下牡丹，雨中开了一朵。

——《长生殿》

一

牡丹生于山中，最初只是被当作一味中药。后被隋炀帝所喜，植于宫中。

“自李唐来，世人甚爱牡丹。”（周敦颐《爱莲说》）

世人爱牡丹，想必被牡丹那种雍容华美的色相所打动。

“洛阳之俗，大抵好花。春时，城中无贵贱皆插花。”（欧阳修《洛阳牡丹记》）至宋代，洛阳牡丹为天下第一。人皆“好花”，人皆

北宋　佚名《富贵花狸图》轴　台北故宫博物院藏

"插花"，士庶无异，贫贱不分，可以想见当时赏花的盛况。

在洛河边也看到牡丹。那是东晋顾恺之《洛神赋图》卷。曹植在洛河之滨与洛水女神相逢。洛河边上的牡丹，若浥露疏风，浓艳如生。

"何人不爱牡丹花，占断城中好物华。疑是洛川神女作，千娇万态破朝霞。"（唐人徐凝诗句）

我们只能寻觅诗句，遥想那一刻了。牡丹与洛神姿态万千，占尽世间芳华。

牡丹也出现在大唐时的慈恩寺（"长安年少惜春残，争认慈恩紫牡丹"——唐人裴士淹《白牡丹》），出现在紫禁城的御花园，出现在寻常巷陌。在女子的云鬓上，在织物上，在器皿上，都可觅见牡丹。

北宋白釉刻花缠枝牡丹纹盘，元青花缠枝牡丹纹罐，元白玉镂雕鸬鹚牡丹纹炉顶，明清时期牡丹图样的盒、团扇等器物、丝帛，以及牡丹题材的书画，徐渭、陈淳、郎世宁的牡丹，都如赶赴一场闪耀着盛世光芒的聚会，赫然位于其中。

乾隆帝曾绘制并蒂牡丹图轴，将并蒂牡丹插于瓶中，寓意为"富贵太平"。牡丹的绣品也甚多。在极尽可能的繁复、富丽、华美中，这些牡丹纹样或者图案的克制与均衡始终在渗透与重述着彼此消长的力量。

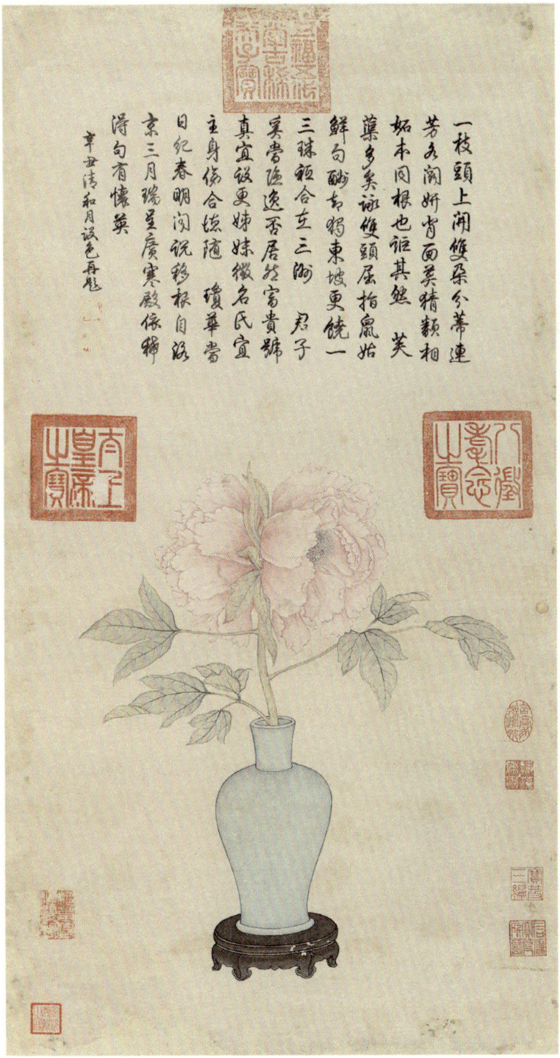

清　弘历 《并蒂牡丹图》轴　故宫博物院藏

二

四月喜雨。牡丹冒出花苞。

在慈宁宫花园，临溪亭边，看到一丛白牡丹。

不知多年前，有哪位太后太妃出现于此，目睹花开在眼前，荒凉从远方涌至大地，她的手上，可曾戴有一个白玉浮雕缠枝牡丹纹手镯。

抑或，她有李白写杨贵妃的诗句“云想衣裳花想容，春风拂槛露华浓”这样的容颜。李白真是一个生动的诗人。

传为周昉的绢本长卷《簪花仕女图》，那些体态丰腴的仕女，脸庞圆润，高耸云髻，簪花一朵，此花或为牡丹，或为芍药，或为绣球等，纤丽柔美，风华满卷，至今犹闻奇香。

唐寅住在桃花庵，轩前庭半亩，多种牡丹花。花开的时候，就邀请文徵明、祝枝山来赋诗。到花落时，遣小僮一一细拾，盛以锦囊，葬于药栏东畔，作落花诗送之。估计曹雪芹写的黛玉葬花就是受唐寅启发的吧。

看唐寅的《牡丹仕女图》，画尽对女子的怜惜。如同陈老莲对自己笔墨下的仕女，也总有无限缱绻。

这位右手持纨扇，左手擎一枝牡丹的簪花仕女，设色古雅，清丽可人；于深浅墨色中，牡丹亦是风姿古媚。

明　剔红漆双层牡丹纹盘　故宫博物院藏

杜丽娘“情不知所起，一往情深”，汤显祖谈及临川四梦，称自己“一生得意处，唯在牡丹”。

这种美妙的、诱人的，往往深陷其中难以排解的忧郁，因牡丹而起。与陈曾寿的“袖薄天寒无限意，至今犹忆淡妆人”，自有相通之处了。

三

说起来，牡丹图大多设色艳丽，容易流俗。追慕者却也甚多。

“丹青欲写倾城色，世上今无杨子华。”北齐画牡丹圣手杨子华据说是第一个将牡丹列入绘画题材的。

盛唐时，画师边鸾在长安宝应寺西塔壁画上首作《牡丹》画，花色红淡，光色绝发。

南唐徐熙《风牡丹图》，风中的三朵牡丹，落笔素雅，敷色骨气风神，果然是“黄家富贵，徐熙野逸”。

阿城关于“中国世俗与中国小说”有段论述，在他看来，世俗既无悲观，亦无乐观。它其实是无观的自在。我们观牡丹亦是如此。

人称牡丹为皇家之花、世俗之花、佛寺之花。这里有富贵与世俗，也有《华严经》的法相端庄，芳馥天香。牡丹是被称为“任

清　郎世宁　《花鸟图》册之牡丹页　故宫博物院藏

是无情也动人”的福慧双全之花。这里虽然有一个敏感的心所感受的物象，但空寂绝尘、清净涅槃总能不断降临。

徐渭命运多舛，观其《水墨牡丹图》，将姚黄、魏紫出神入

明　徐渭《水墨牡丹图》轴
故宫博物院藏

化融于笔墨之中。水墨华滋，无胭脂，不艳丽，水墨写意，蕊动心风。笔墨淋漓，又有庄严之气。

傅山水墨写牡丹，“何奉富贵容，得入高寒笔”，以高寒之笔，避其富贵。

陈淳有幅《牡丹花卉图》轴，画中一朵折枝牡丹，层层花瓣，淡墨点染。叶形用水墨染出，再以浓淡不一的墨随意勾勒出简单的叶脉。自题诗云:“春是花时节,红紫各自赋。勿言薄脂粉,适足表贞素。道复。”几言道尽心迹。

“破一滴墨水，作种种妖妍。改旦暮之观，备四时之气。”明末鉴赏家李日华这样评论陈淳的牡丹。

在摇曳春风中沉挚朴厚，在萧瑟孤寂中暗香浮动，自有质感与节奏——这是另一种牡丹。

我曾在东京的一个画展上，遇到恽南田的牡丹。这是于浓淡明暗中花枝俯仰掩映，没骨法画的一朵灼灼盛开的粉色牡丹。异地相遇，牡丹的气息依旧。

恽南田曾在灵隐为僧，返乡后卖画为生，据说他每次画花，必折这花插之瓶中，极力描摹，得其生香活色而后已。

袁枚甚爱杜茶村咏海棠的诗句“全树开成一朵花”，看恽南田的这幅牡丹图，亦觉“全树开成一朵花”。

在钱穆先生看来，你若遇见了这一朵花，你便不啻遇见了

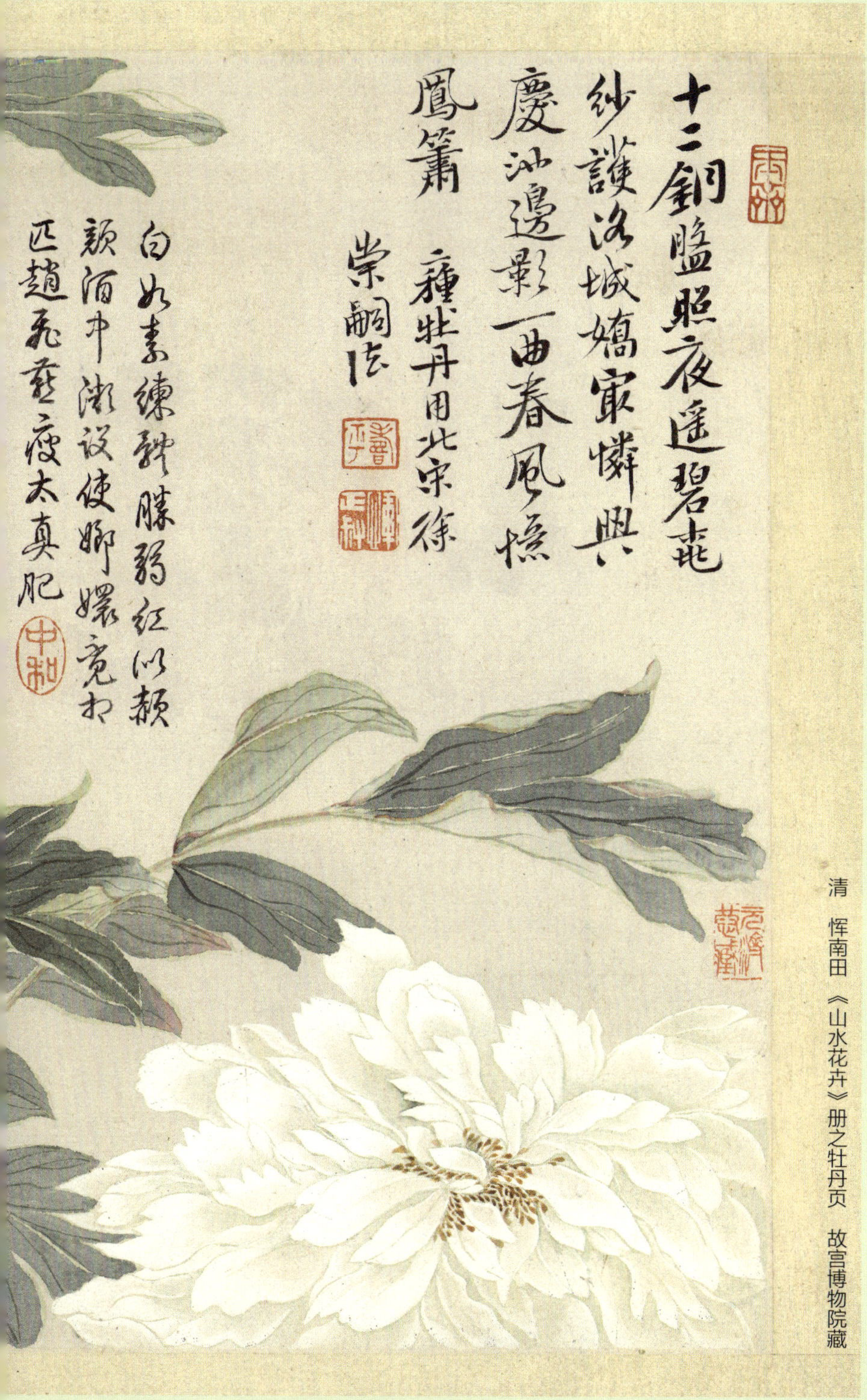

清　恽南田《山水花卉》册之牡丹页　故宫博物院藏

清　牡丹花纹长方花盆图样　故宫博物院藏

千千万万的花、世世代代的花。

那么,《长生殿》中,“庭下牡丹,雨中开了一朵”,让人思虑的同时,似要“进入这一物质的实体”。

牡丹图的品读,在于观看之道了。

四

在董桥看来，文学作品的最大课题应该就是怎样创造笔底的孤寂境界。

文人的笔底，“四时之气”皆备，当为胜出之境。

王世襄提到紫檀牡丹纹扶手椅。背板上浮雕牡丹纹一团，花纹刀法与明早期剔红相似。坚固，气度凝重，又有舒展的间架结

清　余穉《花鸟图》册之牡丹页　故宫博物院藏

构，稳妥的空间布局，是为一团和气。一时想象无穷，恨不能触摸那一团和气。

故乡在东海边。透过海边云霞照过来的阳光，家里的院落似与远方的岛屿连在一起。有些浓绿，有些淡青，有些苍茫，覆盖着喧闹或寂静的光阴。快过年时，母亲总会从樟木箱底拿出叠得整齐的牡丹图案的绸缎被面，开始缝制棉被。多年了，仍会记得小院一年花事最为寥落的时候，绸缎被面打开时突然看见牡丹花的那份惊喜。一朵朵粉色、白色、金黄的重瓣牡丹，绽放在大红底色的绸缎被面上，雍容华美，生动馥郁。

难怪印有牡丹图案的被子，通常也被称为“国民被单”。国民之花牡丹的光泽质地与历经岁月后的色相，在物质并不富裕的时代，让人有富足之感。

有一年去湘西凤凰，看到苗绣中有许多牡丹图样，忍不住买了好些回来。在安徽西递，也曾买到一双黑底绣着大红牡丹花的布鞋。

牡丹真是让人看了就欢喜的花。

我也曾沿着尼洋河边的峡谷，看到盛放的牡丹。

在西藏，每年五六月份，烂漫娇艳的黄牡丹，这个牡丹中的珍稀物种，都会如期绽放在扎贡沟的山沟河谷。

沿途雪山掩映下的村落，许多藏民屋檐上雕刻的纹案，也总

清　赵之谦《牡丹图》轴　故宫博物院藏

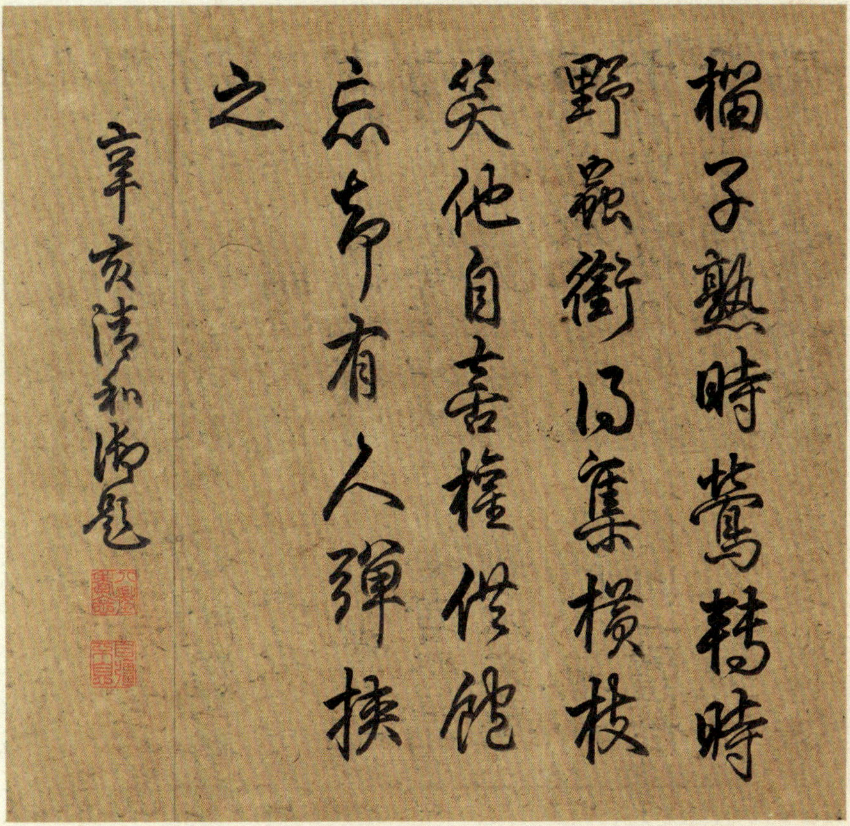

宋　佚名《榴枝黄鸟图》页　故宫博物院藏

的钟爱之花。

紫禁城中的石榴，大都是经历一定年代的。你看它热烈，你看它静寂，没有看穿世事，哪来这般云淡风轻冷冷清清地娇艳如火。

这番的心性鲜活，风风火火，榴花开欲燃，突然，它就柔情起来。

说起来，让花朵都有意义是件无趣的事，就如每样事物都有其局限，包括柔情蜜意。

但榴花开的时候，心性怎能凝滞。这么热烈的生命，一种以最丰富的激情做出的证言，是某种灵性与深度的东西。一切艺术皆可当作某种证据。

恽南田痴迷于宋人石榴图，曾见宋人所画石榴，渲染数十遍，至无笔可寻，无色可拟，几乎神韵俱妙，心识之已久，始终不得法。

一日在白云精舍，刚好友人携一颗成熟的石榴，硕大丰丽，霜皮剥裂，正书家所谓壁折路。由此大悟，“因以宋人设色法图之”。

在文本上看到恽南田作的《安石榴图》题跋与末跋，“余凡写榴十数本，唯此为得势。揽之磊然，流珠欲滴；缃肤赤犀，晶彩陆离”。犹是进入诗与人生合一的浪漫的美学命题，将人置入醉境。

点缀着新绿密叶。

如唐寅致友人信札所云：“丈夫潦倒江山花竹之间，亦自有风韵。”

倘若将场景放在秋日，多了几分萧瑟。夏日刚刚好。

纵然“北方谁唱延年曲，犹有倾城独立人”，亦是红尘俗世的忆旧。

在夏日，总有一份和煦的东西，如这榴花，使得这份悠然沁入的明丽而又极度深味的色泽，唤起人们对静穆的观照与飞跃的生命的觉知，还能怎样呢？

于是，人们酌满斑驳中夹杂着青翠的时光的酒杯。

二

那日匆忙路过，看到细雨中宫墙边的那两三枝石榴，正如火如荼地开花。

这样的时节，月季花也开得正盛，断虹桥、左翼门、慈宁宫花园，总有花儿艳非寻常。

御花园的山梅花，色白如雪，初夏的风拂过，满是淡雅的花香。

山梅花又称“太平花”，承蒙宋仁宗赐名“太平瑞圣花”，花开千百苞，却有分寸，并萃一簇，舒展又节制，据说是慈禧太后

韩熙载为避南唐后主李煜猜疑，以声色为韬晦之所，在家中开宴行乐。李煜闻其荒纵，欲知情状，“乃命闳中夜至其第窃窥之，目识心记，图绘以上之，本欲借图画来规劝他，岂料熙载视之安然”。

画中的这个女子，身着的红裙，色调鲜妍明媚，如同开了一朵榴花，无法不让人将视线落于其中。

想必这就是让多少人拜倒的“石榴裙”。

原本屏气敛息的模样，一切缤纷奢华有着浮夸与无奈之味，或许尽皆消失，或许将陷入一团混乱。

这一抹石榴红，让人遁入若有所思的妩媚中。

一幅画在视觉上贴近我们日常的思虑，在这幅色彩的盛宴中，人物以石青、朱砂、绯红、石绿等色为主，室内陈设大抵为深棕、黑灰等凝重之色，浓丽沉着，色墨相映。

当我们可以在一幅画里承载更多的情绪，无疑也是一个孤独的人可以在这里度过等候多时的时光。

夜宴难尽欢。

唐寅还有一幅《韩熙载夜宴图》轴，则是将“观舞”中舞姬王屋山舞“绿腰”的一个情节加以补充，场景设在夏日的庭院，成为再创造的人物故事画。

葱茏的园苑，石榴花开得正盛。莲花池畔，桌上的一瓶榴花，

我猜想唐人张彦远《历代名画记》中称“近代之画，焕烂而求备”，他当时或许正对着一树盛开的榴花。

在五代南唐画家顾闳中的《韩熙载夜宴图》中，见到了石榴的那抹红。

这是一个穿着绿衫红裙、坐着吹笛的女子。

她出现在这幅连环长卷的场景之中。长卷的迷人之处便是它常以极强的叙事性，在纵横绵延的时间与空间中，寻找最恰当的情感厚度。

五代　顾闳中（传）《韩熙载夜宴图》卷局部　故宫博物院藏

清　余穉《花鸟图》册之榴花页　故宫博物院藏

榴花开处照宫闱

一

是五月了。熙和门外的石榴花开了。

犹如那些不经意的少年时光，无意去吸引什么，却让人直抵明澈而热烈之境。

榴花开的时候，走在紫禁城，有种莫名的欢愉。

这是在白天和黑夜之间感受到的毫无倦意的欢愉，也是宋人咏榴花诗句“枝枝叶叶绿暗，层层密密红滋”的沉静与暗涌。

生有热烈，藏于俗常。

在黄瓦红墙间，在繁密的绿意中，榴花星星点点，绚烂而不声张。

辑二

毛益榴枝黄鳥

恽南田自小遭遇家国之变，后与父亲削发为僧，于灵隐寺苦度光阴。

他的《古木寒鸦图》有萧瑟与哀婉，瑟瑟西风，寒鸦寻找归处，透着凄惶而又无可住的茫然。这是在南田绘画中很少见到的情绪。

或许是那一刻，黄昏古木，寒鸦无处栖息，触动了他内心深处的凄凉悱恻。

当世界从丰盛回到简单，不可把握的命运追逐着每一个人。

无疑，这当中，纠缠、矛盾、激切、疏远，一切的情绪，都只是在万化之中。

世人身上总是无可避免地遭受一些为人所无法摆脱的生命的内容，命运、衰老、死亡，让人迷惘的同时，艺术总是在寻找一种永远必定要回来的情绪。

我对经历最冷、最硬的情绪的人，依然去表达个体生命摆脱一切苦难的重负，他的心绪以及作品与大自然共频，有着莫名颤动的统一感的人，总是充满敬意！

就如此时，看到南田的石榴图，瞬间忘记他一生的颠沛流离，只有这份清净宽和的心绪，无边际地蔓延。

三

曾在云南澜沧江边的小村落，看到满枝白花的树，待到走近，才发现是白色重瓣石榴，与红色石榴完全不同，简直难以置信。也曾被杉洋古镇的粉石榴花惊艳到。

生命中有些事，沉重、委婉都不可说。

古物中的石榴，却让人有话想说。

石榴作为一种典型的陶瓷装饰纹样，曾以石榴纹抽象图案的形式出现在唐三彩陶器上。

作为喜庆吉祥图案，明代的石榴逐渐采取折枝花卉的形式与其他花果一起出现在瓷器的纹饰中。

到了清代，在青花、粉彩瓷瓶上，常常可以看见石榴纹饰。

相较于明代器物色釉的浓厚深穆，瓷器上的石榴纹饰用笔粗疏而古气横溢。康熙朝的石榴纹大抵行其缜密，于工致之中而寓其高古，雍正时期则是逸丽而秀倩，乾隆时期于繁密富丽之极而时露清气，“百花不落地”便是其中一种。

我们感受器物，牡丹绚烂，榴花火红，玉兰芬芳，见其光辉里有欢喜，便觉盛世升平，万花呈瑞，世道与人事皆是宽心与明朗，便有一种从心而发的宽慰了。

故宫博物院藏有一个“大明永乐年制”六字款的剔红石榴花

圆盘。盘面满雕石榴花，茂密的枝叶，花朵或开放，或含苞。

这是黄金时代的作品，是被光抚摸过的时刻制作的漆器。结构、材质已经无与伦比，浑然天成。

器物制作到了明代，已经进入游刃有余的时期。

一切都已更加开阔，可堂皇，可奢华，可简纯，又有朴素的念力，将一切控制得合理、极致。

与宋代定窑的白釉盘面上的印花石榴纹不同的是，明代的剔红石榴花圆盘，以温和的、谦逊的特性，让我们进入难以想象的真实之中。

乾隆朝有粉彩百花不落地石榴尊，仿石榴形，侈口分五瓣为蒂，通体榴花、牡丹、玉兰、茶花、月季等繁密细致，各尽其妍，却又粉润清新，覆盖全器。

这是粉彩器之珍贵隽品，供宫中赏花，为历代藏家所珍。

榴花种种，澄明、浓烈，让人“兀然而醉，恍尔而醒”，酣畅而通透。这样的器物，总是给人自然天成之感。

各色花朵将整个画面填满，又不露出瓷底，烧制工序之繁缛，也绝非数人之力可成，故称彩瓷翘首。

此时瓷器上的线条、层次、颜色，都是一场奇异的相逢，又是预谋已久的布局。

如果说永劫、矛盾、苦恼、极乐，都是万物之源，那么生命力一定是充满激情的实在，它的存在势必使感性个体深挚、坚强。充实、宏大的生命力，早已幻化在器物之中。

有一日见清道光天蓝釉石榴尊，形如石榴，通体莹润，合“雨过天青”之意。瓷上刻折枝栀子花两株，清新怡人，生趣盎然。

这番的雅致与圆润吉祥，让人剔除凡俗种种，而这美意的表达，总能把自身中蛰伏的生命变得和缓起来。

四

不知宋人是如何数十遍渲染石榴的颜色。

我一直以为“石榴红”是用石榴染成。

直至后来看到一个科普文，说古代染红色的染色剂，主要是赭石、茜草、红蓝花、苏木、紫铆虫胶等。

周代开始用茜草染红色，它的根含有茜素，人们以明矾为媒染剂可染出红色。

但茜草不是正红而是暗土红色，后世逐渐发明了红花染色技术，才得到了鲜艳的正红色。

石榴皮的主要染料成分是鞣花酸类物质，可直接染色，也可以加媒染剂做媒介染色。

用石榴皮，还可染成一种素雅的浅黄色，称为“缃色”。宋诗“缃

南宋　鲁宗贵《吉祥多子图》页　美国波士顿美术馆藏

裙罗袜桃花岸，薄衫轻扇杏花楼”，着缃色裙子的女子，该是多么美妙。

《雪宧绣谱》将“缃”分老缃、墨缃、银缃，此色有深浅之分。《清稗类钞·服饰》中记载：“香色，国初为皇太子朝衣服饰，皆用香色，例禁庶人服用。”此处的“香色”应为“缃色”。

单纯用石榴皮，还可染成“秋香色”。

《清史稿·舆服志》中，皇帝“礼服用黄色秋香色”。

秋色加上香气，便是这秋香色吧。

而这香气，是怎样丝丝缕缕沁入心中，又是怎样不可言喻的微妙之香，只能想象了。

这些纯粹的、温和的色调，有着石榴的色泽与温度，尤其在阳光下，透着无穷色。

清宫旧藏有一款月白缎织彩百花飞蝶袷袍，领口系黄条，上墨书“月白缎百花妆袷衬衣一件，乾隆四十三年（1778年）十一月二十八日收”，是乾隆时期后妃闲暇所穿的服饰。

月白色妆花缎面，有折枝花卉及虫蝶纹样，以红、绿、黄、绛、蓝、黑、白等十余种色线织制，花卉有石榴花、玉兰、水仙、牡丹等，虫蝶有螳螂、蝈蝈、蜻蜓和蝴蝶，犹如把整个春天都穿在身上。

不知乾隆时哪个后妃曾经穿过。

或许，与那些皓腕上戴着伽蓝香镯子，双鬓浅戴金海棠珠花步摇、镶宝石蝶戏双花鎏金银簪的妃子相比，穿过这件衣裳的后妃，纵然没有佩玉鸣銮，却旖旎曼妙，温文流美。

在《红楼梦》金陵十二钗正册中，贾元春的判词为："二十年来辨是非，榴花开处照宫闱。三春争及初春景，虎兕相逢大梦归。"

从女史到凤藻宫尚书，直至贤德妃，元春在宫中生活了二十多年，她似榴花荣耀一时，却又历尽多少孤寂与荣辱。

不知为何，总让我想到加缪笔下的那些花儿：

"我还住在阿尔及尔的时候，冬天里总是引颈期盼，因为我知道在一夕之间，在二月某个寒冽而纯净的夜里，路上的杏树将全部覆盖白色的花朵。接着我会满心惊奇地看着这片脆弱的白雪在雨水和海风中抵抗。然后，年复一年，这些花儿从不放弃，恰如其分，为了结出果实。"

关于它们，废名说：

"不管天下几大的雨，装不满一朵花。"

春深闭户可染衣。用草木染出的这些织物，又是绕过多少时序轮回、风霜雨露，才能穿到你的身上。

五

石榴，称为丹若、金罂，又一种味最甜者，名天浆。

说起来，石榴就是普通的植物，却被世人所喜。当它从遥远的西域安石国被张骞带回，它便有了另一个名称，为“安石榴”。

似乎这个“安”字，亦是让人心更为安妥。

晋人潘尼在《安石榴赋并序》中写道：“榴者，天下之奇树，九州之名果……缤纷磊落，垂光耀质，滋味浸液，馨香流溢。”这也是石榴的魅惑之处了。

在清代陈淏子《花镜》卷四花果类考中见到石榴：“唯山种者实大而甘，千房同膜，千子如一。花有数色，千叶大红，千叶白，或黄或粉红，又有并蒂花者。南中一种四季花者，春开夏实之后，深秋忽又大放。花与子并生枝头，硕果罅裂，而其傍红英灿烂，并花折插瓶中，岂非清供乎？”

能把石榴的科普文写成文采飞扬的文字，如同一篇华美的赋，让人读了后实在忍不住，也想种上一棵石榴树。

看张恨水写过五月的北京小院，石榴花开着火星样的红点，夹竹桃开着粉红的桃花瓣，在上下皆绿的环境中，这就是五月的小院，几点红色，娇艳绝伦。

人们总愿赋予植物一些情感内涵与意象。千房同膜，多子

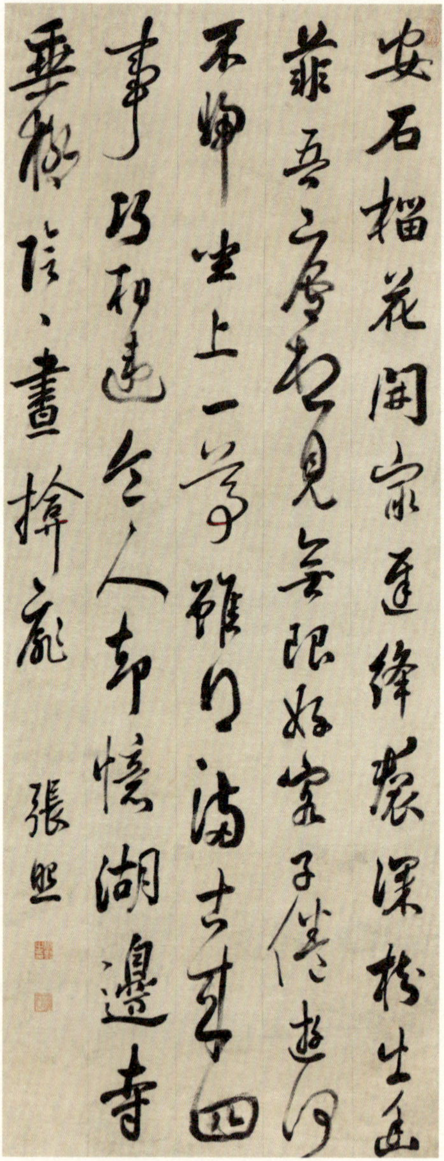

清　张照　行书《七律（安石榴）》轴
故宫博物院藏

多福。

宋人用石榴果裂开内部的种子数量来占卜预测科考上榜的人数，“榴石登科”便是寓意金榜题名。

石榴也因其好寓意与好兆头，使得我们常在古画上遇见它。

清代宫廷有逢节必画的传统，宫中档案说《午瑞图》“端阳节备用”。端午有“端五”之称。清顾禄《清嘉录》记:瓶供蜀葵、石榴、蒲蓬等物，妇女簪艾叶、榴花，号为“端五景”。

在清代郎世宁的《午瑞图》中，见到榴花。它与菖蒲叶子、艾草、蜀葵花一起插在一个青灰色的瓷瓶里，托盘里盛有李果，边上还散着几个角黍。

据清廷内务府造办处的档案记载：“四月二十九日，西洋人郎世宁画得《午瑞图》绢画一张……端阳节备用。”

郎世宁此幅看上去有点像西方静物画的作品，作于雍正十年(1732年)。

郎世宁并不是一个绘画上让人觉得功德圆满的画家,《午瑞图》却满是祥瑞雅致。似乎一个刻板的人，突然有了人情，让人心契。

榴花在明隆庆陆治的笔下，则有另一份“妍丽”。

《画榴花小景图》轴，点以朱砂的榴花，水墨和花青染成的菖蒲，以墨写百合，只觉画面清新古雅，时序分明，画上自

明 吕纪 《榴葵绶鸡图》轴 故宫博物院藏

清　郎世宁《午瑞图》轴　故宫博物院藏

明　剔红石榴蜻蜓图方盘　故宫博物院藏

题“隆庆庚午（1570 年）天中节，包山陆治写”。天中节即是端午节了。

端午临近，翻开古画读之，总觉置身那个香气馥郁的五月，被榴花所包围，大雨倾袭而至。

还是徐渭的《榴实图》，萦绕不绝。一枝倒挂的石榴，画中题：“山深熟石榴，向日笑开口。深山少人收，颗颗明珠走。”却并不苍凉。

就如某一日醒来，满眼晨光，饱满而又清透，以为人生还可以很长，最爱的人就在身边，万物和从前一样，人生才刚刚开始。

六月的一天，从大暴雨的杭州出发，开车近三百千米，到了那个开满榴花的小院，只为喝到一杯“荒野古树茶”。

如今记起，就是那个茶气醇厚的夜晚，与老古树茶的几分沉穆，以及世事回味时，总有的那份甘甜。

榴花也就是如此吧。

生有热烈，藏于俗常。

这是我钟爱它的缘由。

夏果摘杨梅

一

袁中道有本记录游居的札记，称《游居柿录》，看其写：舟中无事，读书改诗，焚香烹茶，书扇，便过一日。总觉得寡淡了点。

倘若舟中添一碟杨梅，有着丰满的色相和诱人的口感，不知会有何况味。

我这样想的时候，书桌上的豆青色瓷碗里，正放着这样几颗黑红色的被南宋诗人陆游称为“骊珠”的果实。

在潮湿的梅雨季，见到杨梅，总有一份青春的心意，觉得事事都柔和明亮，偶然与必然已无边界。

听那雨声，江南的雨，打在垂垂的荷叶上，倘若有人问起我

清　倪耘《杨梅双桃图》扇面　故宫博物院藏

的近况，我只能学周梦蝶之说，眼见得诗越写越浅，信越写越短，酒虽饮而不知其味，梦里不是雨便是风，却从不曾出现过蝴蝶。

话虽如此说，内心却会柔软一下，毕竟，雨天的味道，土地的味道，山风浩荡的味道，梅雨时节有杨梅，这是一种如释重负的欢愉。

二

据说茶人在听到水沸声时，就会联想到山上的松风；谷崎润一郎把汤碗置于面前，汤碗发出嗞嗞声，如同听到遥远的虫鸣声，堕入"三昧"之境，止息杂念，得以参悟。

明　鲁治《园蔬海错图》卷　故宫博物院藏

久居南方，在被袁枚称为“潮湿可厌”的梅雨季节，看到杨梅，如见“红实缀青枝，烂漫照前坞”，沉寂的光阴都鲜活起来。

我曾在仙居白塔，在家乡玉环蒲田，在余姚的四明山上，见杨梅点点红紫，密密匝匝地结在树枝上。

人间五月，芳菲已尽，杨梅则饱满细腻，晶莹剔透，明艳欲滴。

在杨梅树下，一抬头，见阳光透过树叶照进来，飘忽不定的光投射在颗颗果实上，仿佛是光和影凸出的一个个作品。那一瞬间，惊见杨梅的质地本身居然是发光的。

宗白华用荀爽所言的“极饰反素”来讲到一个美学思想，即有色到无色，是为上境。杨梅汲取阳光的丰厚色泽，又受惠于雨水的素净，绚烂之至，复归于简约的色泽，亦为上境吧。

当然，重要的还有口味。咬上一口，这要看不同地区的杨梅，倘若是仙居的东魁杨梅，乒乓球大小，要分上好几口才能吃完。如果是余姚的杨梅，颗粒不大，塞进嘴里，咬上一口，满满的汁液，香甜而又微酸，便是美感转化成为最充沛的口感了。

三

南朝江淹，曾作《杨梅颂》：“宝跨荔枝，芳轶木兰。怀蕊挺实，涵黄糅丹。镜日绣壑，照霞绮峦。为我羽翼，委君玉盘。”

清　胡正言《十竹斋书画谱·墨华谱》之杨梅

此时江郎并未才尽，杨梅诗写得奇崛清丽，让人觉得品的不是杨梅，而是绮丽的诗赋。

友人从长春来杭州，见到杨梅，吃了一颗，当即诧异，说："这是什么？天哪，我居然没有吃过。"

我就很想把嘉靖朝内阁首辅徐阶咏家乡杨梅的诗句送给她："若使太真知此味，荔枝焉得到长安？"

杨贵妃应该是没有吃过杨梅，不然杜牧的《过华清宫》就成了：一骑红尘妃子笑，无人知是杨梅来。

北宋苏轼被贬岭南时，曾写道："罗浮山下四时春，卢橘杨梅次第新。日啖荔枝三百颗，不辞长作岭南人。"后至吴越之地，尝到杨梅，迅速改口，"岭南荔枝，未若吴越杨梅"。

毕竟，杨梅有着如此新鲜而温暖的情意。

而吃过杨梅的人，大抵有点薄情，时常会想，杨梅这么美味，还有荔枝什么事呢。

四

然而，反观人生，生命稍纵即逝，而人与植物凑巧的纠葛，也经住了时间与心力。想来，人们对杨梅的爱惜，大抵还因为其余味。

当光和影都成为果子时，你便追忆那绵远的滋味了。

“山下已是春光烂漫，樱花缭乱……樱如虚无僧，令人忧郁。”小津安二郎这样写着。在他看来，人生和电影，都是以余味定输赢。

这几日看《小森林》，市子回味童年时的纳豆拌糯米年糕，她种植糯米，在下雪天拍锤年糕，做纳豆，简单质朴的生活，青白瓷般平和纯净的釉色，清淡到极点，又有生之乐趣。

杨梅亦是因余味而取胜。就如有限里的无尽，每一刹那终究消逝，那清甜中的微酸，绵长细腻，挥之不去。

这几年，随着工作的调动，离家乡越来越远，总会想起玉环蒲田山上的杨梅林，漫山苍翠，在清晨的薄雾里，杨梅如晕脂般的红，我也曾在树下，内心挤满名称各异的欢喜。

那日，在四明山上，第一次见到余姚的白杨梅。阳光斑驳，枝叶纷繁斑斓，我该如何叙述这江南的珍果呢。

看它们通体晶莹，饱满透亮，静寂地在这山林之间。经过多舛的命运，犹如在时光的荒芜中得到了荫蔽，它们在此地安身立命。于这浩然山林而言，它们也不过是平凡的片段，如此而已。而对于它们自身而言，能安适在天地之间，无疑也拥有了生命最大的自由。

五

在夏日，杨梅亦是消暑的果实。

周密的《武林旧事》，提到消暑的果实，鲜荔枝、杨梅、紫菱、金桃……冰雪爽口之物，杨梅赫然在列。

成化戊戌（1478 年）五月望日，盛夏将至，沈周突然牵记杨梅之美味，刚好有友人送到有竹居，“食之虽甘酸相半，而情则厚也，因作此酬之，长洲沈周”（沈周《杨梅图》）。沈周真是长情之人。

弘治十五年（1502 年）五月下旬，74 岁的沈周与友人薛尧卿冒着酷暑去杨梅村坞采摘杨梅，因时节已晚，只采得一颗尝味。

“时采摘殆尽，仅获一丸紫而大者。”《杨梅村坞图》轴（安徽博物院藏）画面中，杨梅林一片冷清，去摘杨梅的人只能望树兴叹。

当然，看沈周笔下的杨梅，鲜嫩多汁，这该是品尝了多少杨梅才能画出这个江南的红果啊。

相比之下，李东阳就没有这样的口福了。

八岁时以神童入顺天府学，史称“立朝五十年，柄国十八载，清节不渝”的明中叶重臣李东阳，“再拜文华门外地，讲筵恩重若为荣”，有一日在文华殿讲筵，结束后被赐得杨梅。一时被其

明　沈周　《杨梅村坞图》轴　安徽博物院藏

美味所惊，称杨梅“价比隋珠亦称情”（《赐杨梅》）。

此后朋友于乔送来杨梅干，李东阳为此特意写下“深夜柴门阖更开，杨梅香送满罂来。霜干浅带层冰结，红烂纷成万粟堆”（《谢于乔送杨梅干无诗用前韵奉索》）。从杨梅到杨梅干，毕竟也算是解了馋了。

六

说起来，杨梅季极其短暂，二十天左右已是极限。新鲜的杨梅采摘下来，一天左右大抵也会变味，生虫，无法久藏。

夏日过了杨梅季，看杨梅图，也是垂涎几尺。就如看到吴昌硕的杨梅图，几颗红果，亦是古艳绝伦，舍不得吃。

前几日，赴浙博武林馆区看明清扇面展，有梁鼎芬的行书诗屏，笔道细劲，风骨棱棱。

梁鼎芬晚年曾留下“勿留一字在世上，我心凄凉，文字不能传世也”的遗言。

想想要是他能常画杨梅图，这古艳的色泽，这人间偶尔华丽的滋味，可以消缓他的凄凉吧。

在一个大冷的冬夜，去女友家。她煮了一壶茶，开了足够的暖气，然后从冰柜里拿出一小碟紫红色的杨梅，每颗都结着冰霜。

明　文俶《金石昆虫草木状》之杨梅
（明万历时期彩绘底稿本）

“这是杨梅冰棍。”她说。

“凡人一生，必有偏嗜偏好之一物，如文王之嗜菖蒲菹，曾皙之嗜羊枣，刘伶之嗜酒，卢仝之嗜茶，权长孺之嗜瓜，皆癖嗜也。癖之所在，性命与通，剧病得此，皆称良药。”（李渔《闲情偶寄》）

崇祯三年（1630 年），李渔家乡浙江兰溪瘟疫横行，李渔也难以幸免。

“庚午之岁，疫疠盛行，一门之内，无不呻吟，而唯予独甚。”李渔在《本性酷好之药》一节写到了救自己一命的杨梅。

“时当夏五，应荐杨梅，而予之嗜此。”杨梅入口，“满胸之郁结俱开。咽入腹中，则五脏皆和，四体尽适，不知前病为何物矣”。李渔的病就此治愈。杨梅的功效真是厉害。

在我的家乡，杨梅酒还是治痢疾的良药。杨梅季的时候，母亲总要自制杨梅烧酒。将杨梅放进陶瓷的宽口坛子里，酒以宁溪糟烧为宜，加上白砂糖或者冰糖，封好盖子。过几日，汤色呈紫红色，便可饮用。

东方朔《林邑记》云:“邑有杨梅,大如杯碗。青时极酸,既红,味如崖蜜。以酿酒，号梅香酒，非贵人重客，不得饮之。”

今年我也用玻璃瓶自制一罐杨梅烧酒。女友阿朱说，不要放宁溪糟烧，试试威士忌，味道很特别哦。

我想了想，终究没有勇气。毕竟，杨梅与烧酒是绝配啊。

七

郁达夫写了一篇《杨梅烧酒》，讲的是在湖上的一家小饭馆里和多年不见的老朋友吃应时的杨梅烧酒。

我有次去滨江朋友小聚，那是五月的一个晚上。路边的白色栀子花与月色掩映，杨梅还没有上市，友人就开了一罐去年酿的杨梅烧酒。

这酒醇正芬芳，杯中色调浓重华丽，聊着聊着，不知不觉，已是午夜，酒已尽，罐中只剩杨梅数粒。

散场后，本来各自回家，意犹未尽，就都坐在了街边的台阶上，凑着头，继续着未尽的话题，说着徐渭、傅山、黄宾虹……犹如时空错位，堕入那些时代。

那一刻路灯明亮。有一份微不足道却又朴拙的真诚，渗透着酒精，让人神思缥缈，醉意弥漫。

那夜的杨梅烧酒，也将我们置于浩荡山间。我们这些毫无倦意的人，固执地移动着自己的时间轴，穿行在苍茫的中年。

槐影沉沉，紧跟着雨势而来的，就是饱满浓烈的夏日。

夏日摘杨梅，红果乌亮烁紫，绿叶凝碧流翠。

怎么能按捺这种喜悦呢。我们只能故作镇定。

长夏触心光

一

夏日无尽。酷暑中，在白色瓷碗放着洗净的桃子、葡萄，盛夏顿然清凉起来。

桃子有水蜜桃、黄桃、白桃……余姚有一种桃叫玉露蟠桃，有次在路边的果农处买了回家，满屋都是桃子的香气。本来想多放几天，怎能抵抗夏日如此芳香的美意呢。

在敦煌吃过紫胭桃，紫胭色，清脆爽口，它有个传奇的名字叫李广桃。想必与西汉时大将军李广有关。司马迁的《史记》写李将军列传，就专门用了“桃李不言，下自成蹊”，意为忠实诚恳的人，自然会得到尊重。

清　画珐琅菱花式盆玉石玻璃桃实盆景
故宫博物院藏

许多年前从敦煌坐公共汽车到青海的格尔木，这桃子简直就是干渴的漫长旅途的救命桃。

曾在山东莒县，阴冷的夜晚，羊蝎子火锅散场后，吃到鲜甜的带皮吃的硬桃。那是记忆中极其豪情与芬芳的时刻。

蜜桃季的时候，为了吃，还专门去过奉化。桃林里闷热，到处是桃子的茸毛飞扬的感觉，皮肤瞬间又红又痒，于是仓促中摘了两个，就逃出来了。桃林边上就有清澈的涧水，洗净那两个桃子，咬一口，鲜嫩多汁，好吃是好吃，现在想起来还是有点皮肤要过敏的样子。

有一年八月底，住在清华大学的甲所，每日几乎拿平谷大桃当正餐，住了一周，还没有吃腻，回来的时候，还专门买了一个行李箱装平谷大桃。也实在算是爱吃桃子的人了。

王铎一定也喜欢吃桃子。看他 52 岁的草书《赠郑公度草书诗》卷，写着 :“懒人山是与，长夏触心光。已见碧桃实，空思紫草芳。”这幅书法妍而不丽，就是桃子的色调。

我很想将它改成 :“已见碧桃实，长夏触心光。”这才是夏日桃子的广告语啊。

二

夏日消暑之物，有西瓜、梨，当然还有桃子。

见唐寅行书《吴门避暑》，开句就是“吴门避暑不愁难”。我很好奇这位吟咏过“桃花坞里桃花庵，桃花庵下桃花仙。桃花仙人种桃树，又摘桃花换酒钱”的大才子唐寅，他的《吴门避暑》里的消暑之物都有什么呢。

“吴门避暑不愁难，绿柳荫浓画舫宽。石首鲜呈黄蜡面，杨梅肥绽紫金丸。密遮竹叶凉冰槍，散插榴花角黍盘。忽报洗天风雨至，一时龙挂万人看。”不知为何，唐寅就是不肯提到桃子。“忽报洗天风雨至”，看来真正消暑的还是要靠风雨。想来这也符合风流俊赏而又落寞潦倒的唐寅的性情了。

有一次听友人聊常玉的桃子。常玉在法国时，画过许多桃子，有镜面油画《三个桃子》，还有《五个桃子》，无不风神兼备。有一幅，画有六个桃子，赠给一个朋友。朋友就将它挂在自家狭小的厨房兼客厅处。

其实朋友也没太在意这画。估计也就随手一挂，挂在那里也就多年了。

后来常玉画价大涨，这画被一个画商看到，坚决要以高价收购。适逢朋友经济拮据，意欲卖了此画。

清　虚谷《五瑞图》轴
故宫博物院藏

朋友的妻子不同意。说这么多年了(估计也有二十年左右吧),我烧菜的时候,吃饭的时候,坐着的时候,一抬头,就有这六个桃子陪着,哪怕出的钱再多,我也不愿意卖。

三

在故宫博物院看吴昌硕大展,遇到了吴昌硕的大桃,笔力强劲,墨色润泽,绝无甜媚之感,不愧为缶翁“三千年结实之桃”。

看过一个轶事,有人见吴昌硕的桃子硕大,评其画不合理。缶翁回之:此是三千年开花,三千年结实之仙桃,非寻常之桃。

缶翁以金石之气入画,更见桃枝遒劲,桃实朴拙雄浑。相比之下,任伯年的《桃石图》,就显得秀气多了。这是光绪丁亥年(1887年),任伯年为祝寿而作。一篮红绿晕染的鲜桃和一方顽石,秀雅鲜美,别有意趣。

明清以来,唐寅《麻姑献寿图》、八大山人《桃石千秋图》,都是画桃祝寿。海上画派“四杰”对富有民间生活气息与美好祈愿的蔬果也多有表达。

蒲华画有《瑶池桃熟图》,三个色泽鲜艳饱满圆润的大桃,在青绿的枝叶间,豪放生动。

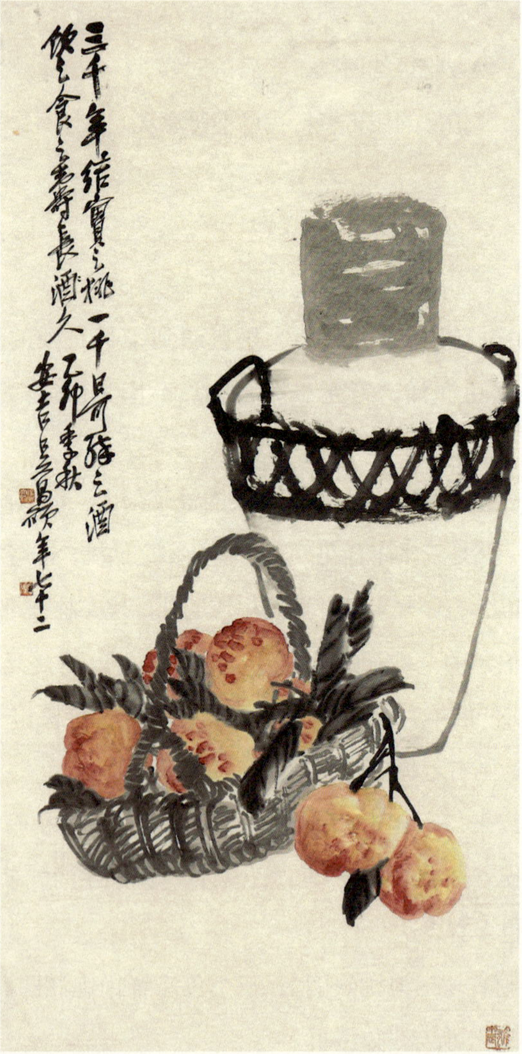

清　吴昌硕　《桃宴酒坛图》轴　故宫博物院藏

清　任伯年《桃石图》轴　故宫博物院藏

清　康熙款五彩麻姑献寿图盘　故宫博物院藏

曾见画僧虚谷一幅画，有四个桃子，另有半个隐在枝叶间，是青色的桃，清隽孤寒。

齐白石晚年桃子题材较多。题跋常为“多寿”，或者“寿桃”，亦为祝寿、吉祥之意。设色浓丽，桃实硕大，与吴昌硕的桃子有似曾相识之感，却又甚感慰妥。

瑾妃也有一幅桃子为题材的画《云中九桃图》轴，云中垂下一枝，上有九桃，九桃有多寿之意。作为光绪的妃子，瑾妃相貌平庸，与妹妹珍妃曲折跌宕的人生相比，她能在风云诡谲的后宫得以善终，也算福寿了。

四

盛夏，在一个展览上，遇到了汉克・哈勒曼特的五个桃子。

哈勒曼特是荷兰画家，与荷兰画家凡・高的麦田、向日葵带来的热烈的冲击不同，哈勒曼特的静物意味深长，让人在伦勃朗般的光影浮动中，瞬间安静下来。

与凡・高并称后印象派大师的塞尚，在他的静物中，桃子与苹果则是重要的模特。桃子似乎更显百搭，时常和苹果组合一起，或者和樱桃组合，其实桃子的本身意义对塞尚来说显然已经不重要。

塞尚 1879 年的《静物：一盘桃子》，是纯粹的一盘桃子。白色的桌布，蓝色的盘子中放着很多桃子，颜色却甚为沉闷，光与影已经不重要，所有物象都各得其所，在互相冲击、对抗中寻求一种平衡。

曾见一个很中肯的评论：如果试想从 17 世纪荷兰的静物画中拿一个东西，立即就好像到了你手里。而如果想从塞尚的静物里挪动一只桃子，它就会连带把整幅画一起拽下来。

我又想到常玉的那六个桃子。要是从常玉的画里挪动一只桃子，哪怕常玉同意，朋友的妻子也不会同意。谁也无法细知这幅画对于她意味着什么。

还是说说哈勒曼特的五个桃子。绯红色的桃子，放置于灰色的盘子中，另有两个散落在桌上，边上附着几片绿中泛黄的桃叶。

这是倾注了时间、情感的哈勒曼特的静物，精准、静谧、柔和，让我们得以与日常生活中熟视无睹的果品凝视。荷兰绘画到而今，哈勒曼特的画，与凡·高不同方式的平静的慰藉终于到来。

五

粉彩瓷器中有了雍正朝的粉彩八桃图瓶，瓷器工艺似已进入功德圆满。

清　宜兴窑紫砂浮雕双桃式水丞　故宫博物院藏

清　雍正款粉彩八桃图瓶　故宫博物院藏

瓷瓶上的八个蟠桃，丰满娇艳，连穿梭在其中的枝叶，也是一幅大圆满的迹象，让人无从计较，无须忧伤。

这么炽热的明亮，在盛世金殿，一如神性的光辉拂过。

凝视的那个瞬间，犹如置于虚云法师的偈句“狂心当下息”之境。

你甚至又可以闻到来自山谷种植的桃子的清香，可以感觉到来自夏日山野的风、雨水。当你进入这些寻常生活的场景与物件中，在狭小又狭小处，突然又无限辽阔起来。

今夜，下了一场雨，已有秋意。想起那些桃子，这种感觉，就如董桥说齐白石的画，题跋有款款几句密腻的寄托，“人间冷了，人情还是温的好”。

记起夏日，友人带来天台山国清寺的桃子，只有一个，一路磕绊而来，不复明丽，味道却好极。

而我，此刻忽觉长夏将尽，终究还是凛然一惊。

薄薄的日子上有一层甜霜

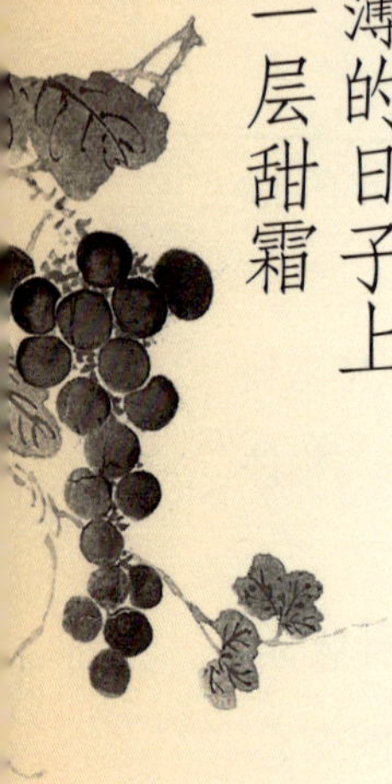

一

每年到葡萄季，就会觉得很富足。有一盘饱满多汁、剔透晶莹的葡萄，绵长细密的甜，凡尘俗世也会清亮起来。

人们以“金谷风露凉，绿珠醉初醒”来吟咏葡萄。

魏文帝曹丕喜欢葡萄，写的《与吴监书》专门谈葡萄：“中国珍果甚多，且复为说葡萄。”

葡萄也是醉酒宿醒的解药。

“夏末涉秋，尚有余暑。醉酒宿醒，掩露而食。甘而不饴，脆而不酸，冷而不寒，味长汁多，除烦解倦。又酿以为酒，甘于曲蘖，善醉而易醒。”

不知魏文帝是不是最早酿葡萄酒的人。

据说庾信和尉瑾对葡萄“体”了半天“物”，一个说“有类软枣”，一个说“似生荔枝”。

不管是软枣还是荔枝，当一串串浸染着日光色调的葡萄惊喜而至，如何保存，张岱的《夜航船》总能告诉你一些妙招：葡萄方熟，用蜡纸裹紧，扎封以蜡，可留到冬。我终究没有试过。有冰箱的年头，倒是蜡纸比较难找。

汪曾祺深谙葡萄之理。

他有篇《葡萄月令》，从一月开写，“一月，下大雪。雪静静地下着。果园一片白。听不到一点声音。葡萄睡在铺着白雪的窖里”。大雪弥漫，寂静无声，葡萄蓄势待发。待写到十二月，葡萄入窖，“热热闹闹的果园，现在什么颜色都没有了”。

想想汪曾祺实在应该有一个葡萄园。

我这么爱吃葡萄的人，在南方，见多了垂红挂绿的葡萄园，渐渐也不激动了。

去年立秋后，与友人从青海自驾到甘肃。穿过茫茫戈壁与沙漠后，来到阳关，蓦然看到一片葡萄园，很想有《葡萄赋》之类的文辞匹配当下的心情，在心里搜集了半天，只想到一句：葡萄美酒夜光杯。于是作罢，钻到葡萄架下，大吃葡萄。

也是在阳光斑驳的午后，在遥远的北疆，一边是现烤的羊肉

清 恽南田《花果蔬菜》册之葡萄页 天津博物馆藏

与滚烫的刚出炉的馕，一边是满架子的葡萄，连洗都是多余的。那是我第一次吃到马奶子葡萄。

二

我们在古画中看到葡萄，在纸本或绢本上，它们清晰地出现在画面中。深沉或灿烂的墨色，总给人以直觉的吸引。

徐渭的《墨葡萄图》是无法绕过的。在约翰·伯格看来，我们看见风景时，也就身入其境。我们若是看见过去的艺术品，便会置身于历史之中了。

远隔四百多年的时空，这幅带着徐青藤的生命最激越磅礴的才情而又潦倒难言的愤慨而来的画作，观者被他的恣肆汪洋、放逸自由所吸引。

对徐渭的“半生落魄已成翁，独立书斋啸晚风。笔底明珠无处卖，闲抛闲掷野藤中”的感同身受，人们在水墨大写意中看到枝叶纷披、饱含水分的泼墨，他将跌宕身世直接抛掷给观者，悲愤与生机，早已不是颗颗珠玉的葡萄所能承载的了。

翻读《明画录》中画葡萄的画家，讲到宁波鄞州一个画家叫王养蒙，画葡萄障，他是这样画的：大醉后，乘兴而行，穿着新的草鞋，渍墨乱步绢上，墨渍处当作叶子，然后布藤缀实，葡萄

明　徐渭《墨葡萄图》轴　故宫博物院藏

天趣自然。葡萄画倒没有看到，却被描述醉倒了。

晚清文人“大梅山民”姚燮的梅花，据说就是在杨梅上市的季节，边吃杨梅，吃完扔核到画帐上，一片斑驳处，画出一幅疏影横斜的梅花图。想必都是宁波人，姚燮的“以梅画梅”深受前辈王养蒙的“以草鞋画葡萄”的影响吧。

温日观被人称为“温葡萄”。他啸傲于西湖三竺间五十年，其时寓居杭州玛瑙寺，观其葡萄，虚灵动荡，一扫精致的面貌。他观葡萄影子开悟，酒酣兴发，以手泼墨，似破袈裟，天真烂漫，顷刻而就，神来之笔，何等奇特，不无来由。

那夜月色下葡萄如何桀骜跌宕，抵达僧人的内心，以薄薄的凉意，还是来自胸臆之间的放浪之气，都只是后世的觉知而已。

一日读叶恭绰的《矩园余墨》，里面也提到温日观的葡萄卷纸本，称其“清迥横恣，已开天池、白阳法门”。

然而，在这样的秋夜翻读书画，打动人的却是那些有着无限的静寂，又沉潜着无尽生机的笔墨。

倘若问起我最爱的葡萄画，当然还是徐渭的墨葡萄。

陈洪绶去世前一年所绘《隐居十六观》，取《观无量寿经》中的“十六观之门”之意，其中之一为酿桃。看画还以为是酿葡萄，似有漫山野葡萄随意可摘。那可是葡萄美酒呢。

南宋画院待诏林椿的《葡萄草虫图》，绿葡萄一枝，颗颗

南宋　林椿《葡萄草虫图》页　故宫博物院藏

如珠玉。蜻蜓、甲虫，极尽生动之姿。这是院体画的典范，工夫、笔力尽在其中。只是总觉得端着架子，多了些富贵与庙堂之气。

差不多同样的题材，八大山人的写意画完全不同。他有一幅《葡萄小鸟图》。憨态可掬的小鸟，泼墨而成的葡萄，带着清晨山林之间的露水。耐人寻味又甚是惊艳，克制又狂放——为着无法捉摸的因果。

三

我想顾城定是爱吃葡萄的。不爱吃葡萄的人怎能写出这样的诗句：我一生都在爱那个秋天，那个绿色和紫色的默想。凉凉的傍晚在叶缝里吹气，薄薄的日子上有一层甜霜。

废名家的窗外有枣树，一到八月，枣渐渐地熟了。夜半大风，一阵阵落地声响，清早开门，满地枣红，简直是意外的欢喜。他的窗外还有一架葡萄。他写道：多半黄昏时，孑然一身，葡萄架下贪凉。

佩索阿晚年时，他的朋友说：每次我和他分手说再见时，我都不敢回头望他一眼，我怕他会融化在周围的空气里。

多年前教我手风琴的老师，中秋临近的时候，我带了葡萄、月饼去看望她。八十多岁的老人，告别时，一定要送我到小巷口。她说：这么多年了，我爱吃葡萄，你都一直记得。我也不敢回头，怕她会融化在秋夜的凉风中。

曾得一纸本绫裱的书法，是日文的和歌，大意是“朴素的花啊，如僧人之衣”。这幅书法而今挂在书房里。

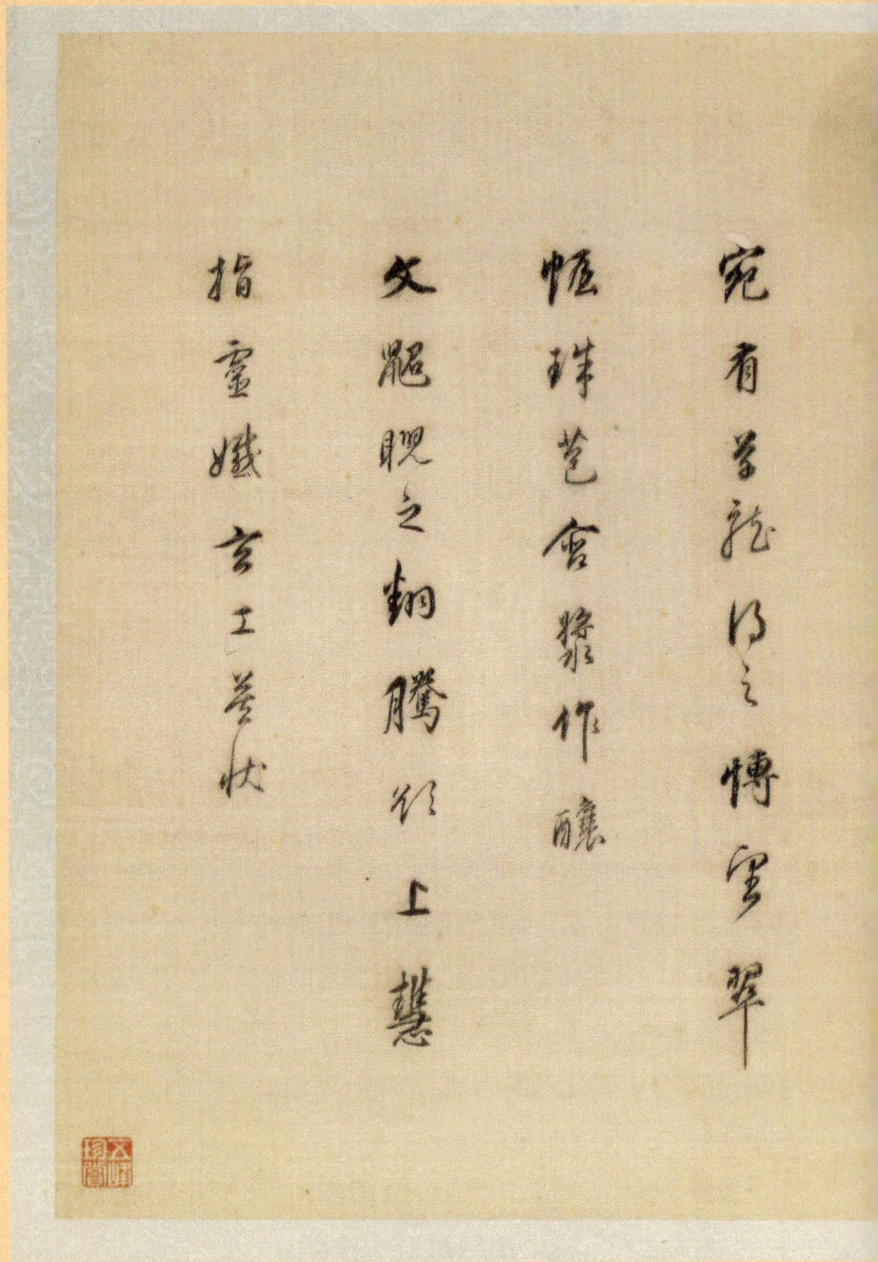

明　韩希孟　刺绣《宋元名迹》册之葡萄松鼠图　故宫博物院藏

清　吴昌硕《葡萄葫芦图》轴
故宫博物院藏

阳台上种着我的天竺葵，粉红的花静寂地留在藤蔓间。

我觉得自己应该穿着宽大的衣袍。一串新鲜的葡萄，洗净了放在玻璃器皿中，在我的生活中是个舒适的过渡。

和短暂的杨梅季相比，葡萄真是漫长的水果，始终在凋落与绽放，从夏日到秋日，总是走不出季节的边际。生活中，也总有一种恰到好处的人情味，走不出人情的边际。

晚上入睡前，在阳台小坐，听吴山浩荡山风从茂密葱茏的大树上沙沙掠过，与我住在凤起路时夜深听到的市声已是全然不同。

倘有一天，在葡萄花开时仰卧架下，捡拾在藤叶中处处洒落的性情，想必也足以滋养我的余生了。

心上已抹上胭脂的颜色

一

从清波河桥下往湖边走，临水的地方，有几株木芙蓉，高达数丈。

花开时，有粉、白、红三色。

这几日路过时，见枝枝艳影，姿容慵懒，如美人初醉，于秋光中唤回春色。

在桂花满树齐开，不留余地之时，木芙蓉的姿态是内敛的。

它绝不声张，从含苞到开花，一场深秋的风，就悄无声息地盛开了。

《长物志》载："芙蓉宜植池岸，临水为佳。若他处植之，绝无丰致。”木芙蓉有“三变花”之称。倘是一朵红色的芙蓉花，晨起粉白，昼浅红，夜深红，如此一日三色，单纯而丰厚，在寂寥的秋日，自有风韵。

几日前，去双浦，江边有构树、杨树还有水杉，金黄的、深红的叶子，在日光中闪烁。

日暮时，寂静下来，见黛青色的远山。

多年前，宗白华在浙东万山之中一个幽美的小城过年，见山色秾丽清奇，举目浅蓝深黛，一声惊喜的微呼，他写道：心上已抹上胭脂的颜色。

不知他站在黄昏的钱塘江边，当有何感受。

此时江边的合欢花叶子已经凋零，石榴树尚挂着几颗果子，枯藤上还有一个蒲瓜……有几棵开着黄色的小花、长着豆荚的植物，是望江南。

“我站在苍茫草原，瞭望江南”，似乎它的花语更吸引人。当然，能“艳绝秋江边”的花，还要算有着“秋江主人”之称的芙蓉了。

众芳摇落后，江边的木芙蓉，花朵的光泽质地与秋日的色相毫无隔离地结合，在灰蓝中突然显现的一抹亮色，温和地漫过世俗与人心的边界，让人欢愉。

清　蒋廷锡《芙蓉鹭鸶图》轴　故宫博物院藏

二

有一年去成都，正值芙蓉花开之时，成排的芙蓉一派盛大的与秋共醉的气象，果然是蓉城。

然而总觉得芙蓉不在水边，便开成了牡丹的姿势。友人家的小院外面有个水塘，边上的山茶花已经有了鼓胀的花苞，有三株芙蓉，正开着少有的黄色。

那个下午，我们坐在小院喝茶，阳光照在水塘边的那抹黄时，是透明流动的春色。

光亮融入了花的色泽，花香氤氲，是尚有的桂香吧。

几个中年人在一起，似乎可以忘掉年迈与青春，在秋艳之花中，在这样一个下午，可以无尽度过一生。

提及芙蓉，总会想到宝玉给晴雯的祭词《芙蓉女儿诔》：

“维太平不易之元，蓉桂竞芳之月，无可奈何之日，怡红院浊玉，谨以群花之蕊，冰鲛之縠，沁芳之泉，枫露之茗，四者虽微，聊以达诚申信，乃致祭于白帝宫中抚司秋艳芙蓉女儿之前……”

宝玉自称怡红院浊玉，以世间微薄之物献祭芙蓉花神晴雯，而这蕊、縠、泉、茗四样祭品，本已是世间珍物，又以“达诚申信”之意，呈上的真诚与忠贞，也只有芙蓉花神能配上。

深秋的一个凌晨，我读此段文字。

清　邹一桂《联芳谱图》册之秋海棠木芙蓉页　故宫博物院藏

书桌上放着的一个玉石器物，正以清水供养着江边摘来的一枝含苞的芙蓉花。

磨了古梅园所制之墨，摊开一张宣纸，抄写这段祭词，聊以致敬芙蓉花神。

这或许也就是我与芙蓉花的一段情缘吧。

三

大观园中的女子，让人怜惜。那个在蔷薇架下将“蔷”字写了一遍又一遍，连下雨都浑不知觉，让宝玉觉得无限悲凉的龄官，这“蔷”字，只因为一个叫贾蔷的公子。我对芙蓉，虽不如对梅花那么爱，却也自有牵系。

其中一个缘由，因为老家玉环，靠近温州乐清，那里有个芙蓉村。

据说芙蓉村因芙蓉花而名。祖母有几房亲戚在这个村落，每年过年的时候，亲戚总会送来番薯干、手做的年糕，祖母的回礼，通常就是海鲜，还有晾晒好的鱼干。

我很好奇芙蓉村是不是种着很多的芙蓉，很想去看看，事实上，到现在也未去成。故而，每每芙蓉花开的时节，就留着一个念想了。

在湖南读书时，春天的时候，在湘江边住了一阵子，可惜不是秋天。唐代诗人谭用之游湘江后赋诗“秋风万里芙蓉国，暮雨千家薜荔村”的盛大景象终究没有见过。

有日看西泠印社出版的一本画册，看到湖南人齐白石一幅作于 1926 年的芙蓉图。

斜垂的芙蓉枝，深红的芙蓉的花苞，花形饱满的粉红色的芙

明　沈周《卧游图》册之芙蓉页　故宫博物院藏

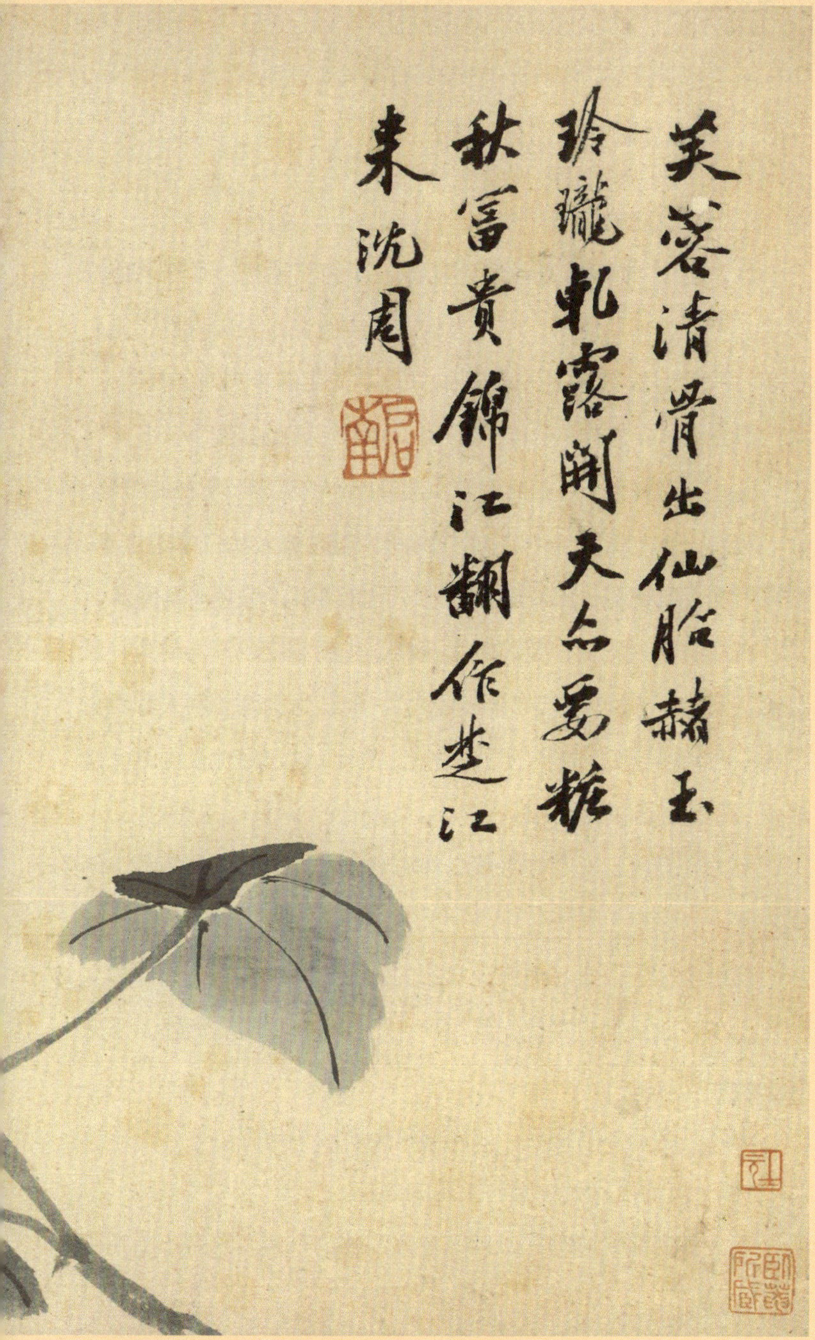
芙蓉清骨出仙胎赭玉
玲瓏軋露開天亦要粧
秋富貴錦江翻作楚江
來
沈周

蓉，正妩媚地绽放。

款识为："前丙寅夏秋间还湘潭，居约三越月，画刻之酬应甚烦。有画成未及题识，常为人携去不告我也。人失人得，未介于怀。甲戌六月，忽邮丁送来此幅，知嵩客先生购于失地乞补题记。余自识为丙寅年之作，十年一瞬，纸墨犹新，遂记其实事。齐璜。"

这是齐白石为十年前回到家乡湘潭所作的芙蓉图所补的题记。

芙蓉一如初开，十年不过一瞬间，当时被人私自拿走之画，如今为友人所购买，邮差送至眼前，记其实事，想必感慨良多。

在白石老人看来，芙蓉叶大花粗，先后着葩，开能耐久，且与菊花同时，亦能傲霜，"余最爱之"。他认为画画要画人家看见过的东西，因芙蓉是故乡的寻常之花，故而，这也是他爱画这"余最爱之"的芙蓉的缘由吧。

万木碧无色，一花红独殷。白石老人的芙蓉，信笔挥洒，笔墨之间，乡心正无限。

李可染写齐白石，他说齐白石的画上常写"白石老人一挥"，他自己在齐白石身边看他作画写字，严肃认真，沉着缓慢，从来就没有挥过。

想必，这一挥的背后，如同博尔赫斯的一句诗：

"那一夜的雨，我想起迦太基的庭院。"

那么多沉郁的情感在，世间令人回味的东西，总是不断消失在过去的日子里，却依然能天真烂漫，才有信笔一挥的境地。

四

木芙蓉终究是深秋之花，绝不放纵，虚无之中，它的朴素的执念，成全了这一刻的美艳脱俗。它早已坦然在秋霜中终究要面对的无懈可击的凋零的命运。

唐寅《落花诗》中有句“多少好花空落尽,不曾遇着赏花人”,花儿能被人惦记，已是这一世的幸事了。

午间见武汉大学澜老师发的图片，芙蓉花正开，她说：这是我喜爱这个教学楼的原因，秋有木芙蓉夏有杜英花。

深秋的时候，我牵记的还是清波河桥下往湖边走的那几株芙蓉，见她们幽姿绰约，如同遇见故人，便总有种释然。

宋徽宗赵佶应该也是喜欢芙蓉的吧。他的《芙蓉锦鸡图》,秋日的芙蓉、秋菊、彩蝶、锦鸡，都在画面中平和欢愉地相逢。

宋徽宗的这幅画有一种奇异的能力，那就是总有种不属于此刻的安逸，在画面中流动。

让人以为生命原本就该如此，一切的烟云纷争似乎从来都不曾存在过，万物之间，就该如此亲近，充满好意。

倘若不做皇帝，他该是怎样的艺术家呢?

北宋　赵佶《芙蓉锦鸡图》轴　故宫博物院藏

当他被金人掳掠北上，彻夜西风，萧条孤馆，家山回首，内心凄惶，可曾会牵记昔日之画，是否已遁入漠然的时空之中。

如今，这幅芙蓉花与所栖之锦鸡，依然在绢本上俯仰生姿，历史烟云过后，终究抵达一个和缓的结局。

陈淳有幅作于辛巳（1521 年）的墨芙蓉图，笺本扇面，一枝木芙蓉，触动观者善感的心。

论者言："浅色淡墨之痕俱化矣。"

当我们看此画时，早已将画论抛掷一边。

总觉得陈淳画的是山中溪涧边的一枝木芙蓉，如王维诗中的"木末芙蓉花，山中发红萼。涧户寂无人，纷纷开且落"，吸取四时之生机，在深秋盛开时，以一己烂漫，让余霞绮天。

当然，陈淳已是五百年前的故人，这么多年来，画过芙蓉的画家甚多，写过芙蓉诗的文人也很多，在深秋之时，想念一枝木芙蓉的人也肯定不少。这是花儿与人的温和的执念吧。

曾在一个拍卖上，见到一方寿山石老印章，刻着《诗经》中的八个字：中心藏之，何日忘之。

在价位上一犹豫，被人拍走，此后好几天总在想着这古穆醇厚的八字印章。

中心藏之，何日忘之。

人与物自有因缘，人与草木自然也是如此。

辑三

月下花前且把杯

一

近中秋。坐在小院读书，忽觉秋衫薄。

一抬头，看见紫薇，还是寂静又兀自热闹地开着，月影中满树紫色的碎花。

这段日子，住在山间。晨起，要开很远路的车去上班，路上渐渐喧嚣。暮色时回来，小院的石榴、桂树、柿子、天竺葵、月季、合欢花，挤挤挨挨，满目浓淡。下了几场秋雨，小院角落牡丹的枯枝，也开始生出嫩叶。

秋日真是素朴，它伸展，弥漫，在沉着中有着几分薄凉。

“岂但中秋堪宴赏，凉天佳月即中秋。”南宋马远的《月下把

南宋　马远《月下把杯图》页　台北故宫博物院藏

杯图》的题句。

画面中远山苍茫，圆月当空，主人把杯迎友，童子侍立。

“相逢幸遇佳时节，月下花前且把杯。”

话语不翼而飞，画面有迹长存。

这月色与欢愉的时光，已经消失在时间深处了。

二

手头读的是《随园诗话》。秋凉特别适合读袁枚。

袁枚曾写《戊子中秋记游》，友人相聚随园，中秋之夜，蒸猪头吃，此时月亮放大光明，肉已熟酒又醇，猪头烂如泥，众人大快朵颐，酒醉方休。

于是，袁枚又开始感叹，余过来五十三中秋矣，人生百年，无岁不逢节，无境不逢人，执笔而悲也。

同样的月色，看的人心绪自然大抵不同。

“元丰六年十月十二日夜，解衣欲睡，月色入户，欣然起行。”这是苏轼的月夜。

“遂至承天寺，寻张怀民，怀民未寝，相与步中庭。”最为美妙的不是月色，而是“怀民未寝，相与步中庭”。

人生有好友，长夜无眠，无事相邀，哪怕静默如谜，也是内心相契。苏轼《夜游承天寺》勾勒了一幅永远的月下夜游图。

想来，人生的记忆未必是密树浓荫、远山含翠。到了回忆的时候，旧时月色旧时人，几分古拙的色调，迹简意淡，也是回味了。

三

1532 年，文徵明 63 岁，这是他倦游京师归来的第六年。

秋夜，童子烹茶，与友人在中庭赏月。但见碧梧萧疏，流影在地，故而感叹“愿得长闲似此时，不愁明月无今夕”，作《中庭步月图》轴。

总觉得文徵明的画，轻轻浅浅，视觉相遇时，意蕴就荡漾开来。

文徵明早年山水多有秀逸之气，中年后行笔渐放，给人以繁密无尽之感。

此幅画水墨清雅，满庭月色，恬淡清旷，草堂、古书、酒具，两株梧桐、一丛枯木，清幽秋夜，三位好友谈兴正浓。

画家通过层层渲染，布景虚简，行笔朴放，让人不觉置身月夜。“人千年，月犹昔，赏心且对樽前客。”虚空本来是无光，又是无色的。

感时伤世，望月遣怀，是中国文人传统的文化情结。月下，

明　文徵明《中庭步月图》轴
南京博物院藏

画家追问人生的终极意义。

那些曾经浓烈的东西，如今都已归于内心的静谧。

四

节序推移，中秋又至，内心应该很敏感吧。

就如在无数个松针落在地上都能听得清楚的暮色时分，有时渴望某种生活，在突然陡峭的内心。

灯下读《徒然草》，书里记："余于此世已无羁绊可言，唯于节序之推移未能忘情耳！"

正是旅途之中，夜宿京都炭屋，不由枯坐，心境之中，琐事纷现。

元丰三年（1080年），苏轼谪居黄州。

世事一场大梦，人生几度秋凉，月圆之夜，心绪清冷，怅然写下"中秋谁与共孤光，把盏凄然北望"。

无疑，苏轼是描写灵魂最深刻的大师。

对我来说，印象很深的却是美国大都会艺术博物馆藏的唐寅《嫦娥执桂图》。此幅画设色妍丽，清雅圣洁，一扫孤寂之态。月宫仙子嫦娥，裙裾飘拂，月光之下，神情温婉优雅，凡尘之事早已烟消云散。

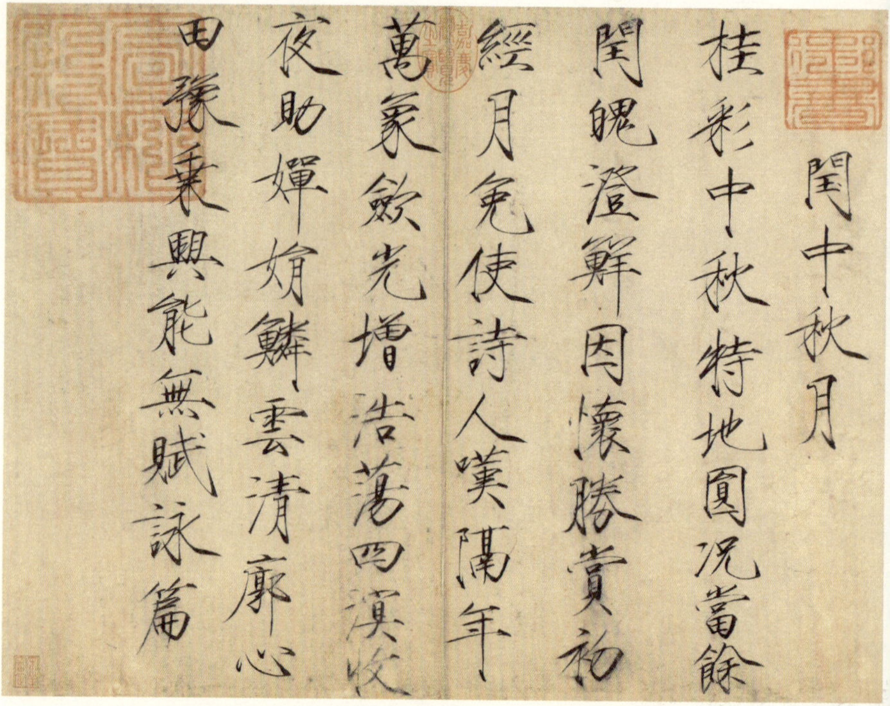

北宋　赵佶　《闰中秋月诗帖》页　故宫博物院藏

一生只度过短暂的五十多年时光的唐寅，在他落寞的晚年，独住桃花庵，面对幽冷明月，花下独酌。

当我渐渐步入中年，我热爱绘画中这无言的表达，如同这月夜，有着薄凉的温度，又有几分抵达的释然与澄澈。

五

关于中秋，曾看过故宫博物院展出的宋徽宗赵佶的《闰中秋月诗帖》，想想这诗帖应该是最有月色意境的。

“因怀胜赏初经月，免使诗人叹隔年”，瘦金体婀娜妩媚，华美秀妍，果然是“忽然风动处，唯有月写得”了。

传为王献之所书被乾隆视为“至宝”的《中秋帖》，“中秋不复不得相还为即甚省如何然胜人何庆等大军”，尽管只有 22 字，且断句说法多种，中秋之意就如此字字珠玑流光溢彩地蕴藏于古厚的书法之中，尽是回味。

还有这样一轮圆月。裸女躺在沙洲，仰望圆月。寂寞沙洲并不冷。女人与月亮，继续一场必须继续的对话。这是常玉作于 1960 年的油画《圆月・沙洲・裸女》。

常玉是不可学的，他不取悦任何人，当他表现丰富的精神特质，你需要深入他的孤独深处。

画家的内心裹挟着东方的情愫，消融在空灵、广阔之中。看画的人，顿时也穿透了时间与空间，自成格局。

常玉最毋庸置疑的长处就是以优雅的克制创造了难以抗拒的情境。而我，能与这些书画相遇，有时想想，或许亦是一种“命运般的角色相遇”。

六

去年深秋，赴天台山万年禅寺。

寺庙在很高的山上。

在川端康成的演讲中，提到元仁元年（1224 年）的一个月夜。

明惠上人进花宫殿坐禅。及至夜半，禅毕，睁眼，见残月余辉映入窗前，于是顿觉看月的人变为月，被人看的月变为人。

那夜，我从山上下来，车子盘旋在陡峭狭窄的山路上。

山风从车窗边掠过，一轮皓月始终陪伴。顿时想到明惠上人。

此时的月光下，山影，草木，看上去沉静，坚韧，又安身立命。万物总是一律平等地在时间中共生存。就生命而言，流转与无常才是它的宿命吧。

明　谢时臣《谪仙玩月图》轴　故宫博物院藏

清　冷枚《高秋玩月图》轴　故宫博物院藏

万古有此月。还记起一个中秋，与友人坐在故乡海边的小院。母亲煮了一壶浓浓酽酽的茶。

那晚的月色，淡淡的。

于是大家喝茶，淡淡地，说着可有可无的话……

不知为何，总想起这样的月夜。

每每想起，总想更深情地活着。

欲买桂花同载酒

一

总是在长夏未尽、秋日将来之际，突然闻到一阵桂花香。

就如清人冷枚《梧桐双兔图》轴中，梧桐两株，石缝中斜出一株桂花，人的情绪因这斜出的桂花而突然波动。

袁小修写秋日金粟园，“金粟园木樨花（即桂花——编注）盛开，金粟满树，一院生香，篱落俱成，颇似隐者之居”。读来犹闻满院桂香，好不惬意。

那么此刻，用力嗅下，又东张西望，这种犹疑又不确认的心情，终于在开着细碎黄花的树上得到明证。于是有种没有被节序辜负的惊喜：啊，今年的桂花开了。

清　冷枚《梧桐双兔图》轴　故宫博物院藏

桂花是八月花神。草木枯荣，人们认为应该有司花之神来主宰。在古代民间，受万物有灵的意识影响，便有花朝之庆。

乾隆帝在北京圆明园、承德避暑山庄等地建花神庙，供奉十二花神，每年花朝节祭拜花神的习俗得以流传。

清代宫廷喜爱以花卉表现时序变化，展现四季的变化，并将植物图像描绘在工艺品当中，康熙朝烧造的十二月花神青花五彩杯中，桂花便赫然在列。

清宫旧藏有青玉十二辰——兔。这是清代的一件玉器。玉兔持两片树叶，意有无尽财富。相传广寒宫前的桂树高五百多丈，只有在每年八月十六那天，才有一片树叶从月亮上掉坠地面上。桂树被赋予了神话色彩。

然而桂树与桂花树据说是有区别的。

桂树为木樨科木樨属的一种常绿阔叶乔木。桂花树又名木樨，为木樨科常绿乔木。

其实我还是没有明白区别在哪儿。

但是，桂花开的时候，满城便笼在桂花的香雾中。走在路上，如同吃了桂花糕。这种感觉是极香甜的。

韦君宜在《忆老北京的早点》写到杏仁茶，“那杏仁茶是锅里现熬的，又热又稠，里面还有一点桂花”。没有桂花的杏仁茶，最难将息。

明　吕纪　《桂菊山禽图》轴　故宫博物院藏

去湖畔居，对着临湖的残荷，也总会点一份桂花藕粉。几颗明黄色的桂花撒在热气腾腾的藕粉上，甜香总是先入胃中。

在青岛怡堡，见几棵老桂树，花开极盛，树下面铺了白色的薄膜，上面已堆积了一层桂花。果然，第二天的早餐，厨师做了水晶桂花糕，几朵桂花，晶莹剔透，不忍入口。

友人来杭，路过特产商店，买了一瓶桂花酒。那夜对着西湖，打开她的那瓶桂花酒，在秋日将近之时，入口满满的桂香。

也曾尝到桂花千层生日蛋糕，撒着一层新鲜的桂花瓣，甜而不腻。忽觉生在秋天的人有多幸福。

关于桂花的美食，《红楼梦》自然会提及。那个鹅黄笺上写着的“木樨清露”，作为进献皇上的贵重饮品，“宝玉甚喜，即命调来吃，果然香妙非常”。

如同薛宝钗的冷香丸，节气与原材料，还需各种巧合，才能成全一颗冷香丸。木樨清露的制作想必也是。

二

曹雪芹想必爱极桂花。

“藕香榭已经摆下了，那山坡下两棵桂花开的又好，河里的水又碧清，坐在河当中亭子上岂不敞亮，看着水眼也清亮。”

这是第三十八回“林潇湘魁夺菊花诗 薛蘅芜讽和螃蟹咏”中，湘云请贾母等赏桂花，凤姐推荐她认为最为理想的赏桂处。

隔水赏桂，山坡下的桂花，坐河中亭子中观看。

河水清亮，眼睛也清亮，方见桂树浓荫华盖，簇簇桂花点缀着盛开，香气隔水而来，若有若无，实为佳境。越想越觉得妙绝，桂花盛开的时候也应择如此之地赏桂。

梅百枝，桂十余丛，月来影明，风来香闻，是袁枚的随园。

钱穆动笔撰写《国史大纲》,是在西南联大的时候。开学前夕，他住在宜良西山岩泉下寺。

时值晚秋，山林满目苍翠，桂花香溢，风清气爽。

钱穆开始独居静僻古寺，构思写作。这段来自《钱穆〈国史大纲〉写作前后的学术交往》中的往事追忆，读之犹如闻到当年古寺之桂香。

而宋代黄庭坚的悟道，以《续传灯录》记载，太史山谷居士黄庭坚字鲁直，参黄龙晦堂心禅师多年不悟。

“时岩桂盛放。堂（黄龙晦堂心禅师）曰：闻木樨花香么。公（黄庭坚）曰闻。堂曰：吾无隐乎尔。”

西风一树木樨香，黄庭坚顿时参悟，“释然即拜之”。闻香开悟，实为禅境。

明　沈周《桂花书屋图》轴
故宫博物院藏

三

每次在鸠居堂，总要买六物熏香。六物有沉香、梅花、荷叶、菊花、侍从、落叶。看着名字就让人迷醉。

秋日，六物基本就用不上了。杭州的桂香，我总想用“盛大”两字。想到诗人里尔克的“夏日曾经盛大”，他应该是闻到了桂香吧。

满陇桂雨是杭城传统赏桂处。满觉陇植有万株桂树，五代后晋建有圆兴院，北宋时改为满觉院，意为“圆满的觉悟”。

有年秋，女友相约小聚在满陇桂雨。其时我还在台州工作，开了四个小时的高速前来，赶到已是午后。

几个人便坐在桂树下喝茶，一时花香入魂，风过桂花密如雨珠，飘落在泡着龙井茶的玻璃杯中。

想那满觉院之意，“觉悟”是极难的事，“圆满”更难说起，阳光透过金黄色，消融在花影中，总想着，要做个自在、舒适的人啊。

我喜欢的作家林文月写许多年前一个暮春的黄昏，台北和平东路的家里，三两朋友正在聚叙，忽听门铃声，一开门，没想到是台静农先生来了。

台先生是从温州街步行而来的。他一进门就说：“你们家这

明　陈粲《桂石兰芝图》轴　故宫博物院藏

里桂花好香，一拐进弄堂就闻到了。”

然后几个人围着台先生，以乌鱼子佐酒，“话题当然会扩展到书法画艺方面去”。暮春的桂花，开的应该是四季桂吧。

黄昏薄暮，谈兴正浓，读这段过往的人，如闻桂香。

四

在一次拍卖会上看到旧王孙溥儒在庚辰（1940 年）作的楷书十二月花神联，小楷工整。“月静池塘桐叶影，风摇庭幕桂花香。”这是溥儒的八月花神。

清朝王孙，旧日风云，如今也都以深秀之态化于笔端。“风摇庭幕桂花香”，终归又让人幽思顿发。

蒲华有幅《老圃秋容图》，金粟流芬老树头，桂花、菊花、木芙蓉、红叶，老圃秋容。

似乎蒲华想要把他一生见过的所有秋色都置于老圃之中。

这是他奢华的用色，无法按捺的诗意，一寓于画。

恽南田对花，亦有如晋人般的“一往情深”。他的《花卉册页》之五《桂花》（美国纳尔逊美术馆藏），就有着含蓄的光彩。

据说恽南田向伯父恽向学画山水，与王翚也相交甚厚，后因

清　沈贞　桃红地桂花衣料样　故宫博物院藏

山水画名声不及王翚，而耻于天下第二，改画花卉为主。我对这个说法始终抱着怀疑。

“笔墨本无情，不可使运笔墨者无情，作画在摄情，不可使鉴者不生情。”这是南田的画论。

南田这样的人，怎会因山水画名声不及王翚而改画花卉呢。

看南田的花，总有一份情意在。倘若不是因为对草木的深情，是无法画出与观者深契的作品的。

桂花已经开败，栾树的红灯笼花也已凋零，残荷在水中已经枯萎……季节更迭，将繁华与萧瑟，隔了整整一生。

还是徐渭热烈，他的《四时花卉图》卷，淋漓肆意的情绪，桂花赫然在列。

绍兴的桂花啊。几年前去青藤书屋，桂花香成那样，想到桂花开时的徐渭，就觉得很安慰。

五

南山路有清照亭，周围种着水杉，冬日尤觉清冷。

桂花盛极的时候，午后我会走到这里，坐在亭子里发下呆。

“暗淡轻黄体性柔，情疏迹远只香留。何须浅碧深红色，自是花中第一流”，这首《鹧鸪天・桂花》最合李清照的性情。

明　王穀祥《兰石丹桂图》轴
故宫博物院藏

想想李清照也堪称“桂花知己”了。

南宋还有另一个文人刘过。“欲买桂花同载酒，终不似，少年游。”他的诗词我只记住这一句，却觉得抵诗句无数。

那个青葱的少年终究老去，少年意气也终究不再。

然则，既有桂花，这种呵护，心中应该能少一寸荒芜吧。

已过霜降

一

已过霜降。

枯草霜花白，寒窗月影新。

阳台角落的茉莉，居然很努力地开出几朵白色的幽微的花。

夜深之时，四周渐渐寂静。

季节的水果，石榴、葡萄、多汁的梨，几本书与画册，一壶茶，就是一个夜晚。

曾在喀什的集市，遇到一只豆绿色的瓷碗，晚上将晶莹的石榴果实置于其中，色调明净，一时舍不得动口。

案头放着一张老照片，装照片的木框已经很旧。

里面的她穿着蓝色碎花的衬衫，一条牛仔裤，明亮地笑着，骑在马上。那是在敦煌的阳关。

二

如今的夜晚，喜欢蜗居家中。

当年宗炳恋庐山、衡山，契阔荆山、巫山，不知老之将至。老病回江陵，愧不能凝气怡身，于是画象布色，将游历所见，绘于居室之壁。

想想倘能如宗炳，披图幽对，坐究四荒，卧以游之，当是何等惬意。

只是如今没有那样非如此不可的心念。弘一法师有诗云：过去事已过去了，未来不必预思量。只今便道即今句，梅子熟时栀子香。这就是我当下的心境。

就如看八大山人晚年小楷。

行笔中不再纠结计较局部的得失。

看似漫不经心之处，被笔锋的运动所包裹。浓淡深浅处，有着他独有的节奏与韵味、含蓄与严谨。

徐渭的泼墨写意花鸟画，也往往是墨色焦渴浓淡，笔法横竖侧卧，苍劲中姿媚跃出，恣意纵横。

明　徐渭《四时花卉图》卷　故宫博物院藏

八大山人与徐渭，都是每至神幽沉郁抑或狂放率性处，一两笔得其神明之人。我辈庸常之人，每每读其书画，如同参禅，心中放大光明。

三

今夜坐着，窗外芙蓉，残叶飒飒，秋声四起。

沈周“性喜夜坐”，每摊书灯下，“人喧未息而心在文字间”。

他有一幅作于 66 岁秋夜的《夜坐图》，久雨新霁，月色映窗，山气氤氲，渐闻风声撼树，鼓声清悦，花青墨笔将夜色点染。

沈周生平虽以画擅名，而每成一轴，手题数十百言，风流文采，书卷气与才情扑面而来。方知此画题跋所言不虚：“夜坐之力宏矣哉。”

古佛青灯也是一种夜坐。

翻开一册弘仁《沚阜图》册页，里有一幅《老梅新枝图》，虬枝横斜，梅花几朵，疏花淡蕊，瘦逸冷幽，这是梅花古衲弘仁的味道。

凉秋与冬日，骨力清朗，纤尘不染。

春待茗成开一画，夜当梅尽到孤灯。

青灯黄卷，佛门禅堂。

明　沈周《卧游图》册之江山坐话页　故宫博物院藏

画僧弘仁笔下的线条，浸染着幽逸萧散、持重沉着之气。

读弘仁的画其实不适合这样的夜晚，终究觉得过于寂寒。

几天前在寺庙，遇到一僧人，名：寂叶。

是时落叶并未缤纷，银杏绿色的叶子正缓慢地泛着嫩黄色。墙角柿树，有红果在高高的枝丫间。秋日的阳光，照着庙宇、旧墙、枝叶与果子，华丽，苍凉，柔和。

《平家物语》写寂光院，是为“诸行无常，荣枯转瞬”，终归太过空寂。

我还是偏爱这荒凉之中的一抹红。

生命沉静下来，像灰色缎子上，针脚细密地绣上了一朵粉红色蔷薇花。

又犹如欧姬芙的画，景物渐渐隐没，野花杂草蔓生，妆点荒凉无垠的沙漠。

四

曾在深冬去大德寺龙光院，据说牧溪的《六柿图》就存放此处。寺门紧闭，木头的小匾额，刻着“龙光院”三字。

那日下了一场大雪，寒气凛冽，却又有着若有若无的芬芳。

于是循着香味而去，是一树开着黄色花朵的蜡梅。

夜已深，卢梭说自己依稀看见天穹、几颗星星和点点翠绿。

诗人穆旦在夜读。他停伫在一页历史上。

此时，窗外是今夜的月，今夜的人间……

淡烟枫叶落，细雨蓼花时，悲慨“眼前一杯酒，谁论身后名”的庾信，才华无可抵挡，被杜甫称为，“庾信平生最萧瑟，暮年诗赋动江关”。

午夜梦回，落叶半床，狂花满屋，华实相扶，灏气舒卷，庾信诗赋，全是严严密密的悲凉。

当然，他也写过这样的诗，“树入床头，花来镜里，草绿衫同，花红面似”（《行雨山铭》）。

文字中亦有无法按捺的温情。

夜深喜见，犹如看到大河静静流淌，中原麦田辽阔，枣花细密地落在庭院……

五

此刻，黄宾虹的山水与植物花卉在案头，当然是最好的陪伴。

观其山水，如行夜山，昏黑中层层深厚，沉郁苍厚，运实于虚，虚而实之，又有通透的光亮。

“夜行山尽处，开朗最高层。”（《1940 年题画山水》）

极爱他的花卉。清明，可喜，有着分寸，以及，惺惺相惜。夜静人入定，精神与自然相遇，笔墨攒簇，耐人寻味。

在黄宾虹的山水笔墨黑密厚重处，方知画意之浓。

他一生纵游山水间，游黄山、青城，当他暮年迁居西湖栖霞岭，在南方葱茏的草木之间，这位久住北方的老人，想必找到了他的栖居之地。

近代　黄宾虹《黄山野卉图》轴　浙江省博物馆藏

六

今夜，就这样坐着。如同过去的多少个夜晚。

阳台的茉莉花就这么忘记了季节执拗地香着。

我呢，就这样被这世间眷顾着。

乌桕经霜 满树红

一

已是十二月。四明山下的小村落，明黄色的无患子树叶，飘落在绸缎质地的溪水里。

几树乌桕，叶子已经落尽，桕子挂在树梢，等着寒鸦靠近。很像宋人笔下的《乌桕文禽图》。

冬日萧瑟，雪后溪边，光秃秃的乌桕树上停着两只绶带鸟。

枯淡萧瑟，又别有生机。

南宋有幅无款《霜桕山鸟图》，经霜之后微微泛红的叶尖，桕果尚在枝头，三只山鸟栖息于赭色的枝头上。画面就如此永恒定格在如此安静的深秋。

南宋 佚名《乌桕文禽图》页 故宫博物院藏

宋人画花鸟，在大自然中众多生灵中注入灵魂。

无论是精工富丽的黄筌体，富有江湖意趣的崔白、吴元瑜体，抒发士大夫情趣的文人墨戏体，都在动植物形象情状观察入微处表达自己的认知与情意。

时常被五代后蜀黄筌画的花鸟所惊叹。

他的《写生珍禽图》画麻雀、鸠、腊嘴、龟、蚱蜢、蝉、蜜蜂等二十多种鸟兽、昆虫，状态各异，似乎呼唤一声，都可以从这幅写生画中跳出来，活脱脱地站在你面前。

正在读的书《徒然草》，吉田兼好写冬：冬枯之景色几不劣于秋色。朝来红叶散落于水边草上，霜色甚白，此时园中流水之上，寒烟荡漾，殊多意趣。年终将届，人皆忙于置备，令人深有所感。

《世说新语》写王子敬在山阴道上走。山光水色交相辉映，使人应接不暇。若秋冬之际，万物萧瑟，更是难以释怀。

桓温北征，见昔日所栽之柳，感慨曰：木犹如此，人何以堪。遂泫然流泪。

这些善感的情绪，也是对无常人生的悲悯与怜惜。

这一年匆忙又过。再过一些时日，四明山的蜡梅就可以开了。

山中若是一场雪至，那白雪覆盖的嫩黄的蜡梅花，隐隐地透着清香，总觉得这应该就是浮生的滋味。

山中的乌桕，入冬来，那曾经繁密的叶子，青绿、紫红、橘红、深红、桃红，时不时还露出更为新鲜的色泽，此时已经凋零殆尽。唯有雪白的桕子着在枝头，可以乱梅花之真。

随园主人袁枚曾于冬月山行，“见桕子离离，误认梅蕊”，将欲赋诗，想到前人的两首诗，“偶看桕子梢头白，疑是江梅小着花”“千林乌桕都离壳，便作梅花一路看”，于是作罢。

眼前欲说之语，往往被人先说。不然，袁枚的乌桕诗会写什么呢？真是好奇。

二

乌桕在黄河以南各省区其实很寻常。

《本草纲目》称乌桕之名因“乌喜食其子以名之”。乌桕五月开细黄白花。叶子晚秋后变红，初冬之时，便呈赤色。叶落籽出，露出串串“珍珠”，这就是木籽。故乌桕又名木梓树。

每个村庄大都有一棵上年龄的古树，而在江南临水地区，这树是柏树，是樟树，也可能就是乌桕。

兰溪人李渔《闲情偶寄》中称：枫之丹，桕之赤，皆为秋色之最浓。

在甚为寂寥之时，秋暮残阳，陆游诗中的乌桕，总是醇厚蕴藉。“乌桕赤于枫，园林二月中”，绝无悲秋之味。

五代　黄筌　《写生珍禽图》卷　故宫博物院藏

南宋　佚名《霜柏山鸟图》页　故宫博物院藏

乌桕在陈洪绶的诗词里也多次出现。同为绍兴人，周作人写了《两株树》，树木里他所喜欢的第一种是白杨。第二种，他写道：乃是乌桕。

读过的富有生趣的乌桕，是在鲁迅的《社戏》中。因担心用了八公公船上的盐和柴生火煮豆吃要挨骂，于是少年们便商定，如果八公公骂，就要他归还去年在岸边拾去的一支枯桕树，而且当面叫他“八癞子”。

这么多年了，那一支枯干的乌桕，那晚好吃的豆子，依然都弥散在含着豆麦蕴藻之香的夜气里，每每想起，都挥不去。

三

金庸《射雕英雄传》第一回《风雪惊变》，写到乌桕，别有一番况味：

“钱塘江浩浩江水，日日夜夜无穷无休地从临安牛家村边绕过，东流入海。江畔一排数十株乌桕树，叶子似火烧般红，正是八月天时。村前村后的野草刚起始变黄，一抹斜阳映照之下，更增了几分萧索。”

在不谙世事的年纪，八月钱塘江畔那一排的乌桕树，满足了我对于武侠人间的想象。

此后到杭州工作，有段时间，每日开车经过钱江四桥，遥望钱塘江畔，却终究未曾见到那似火烧般的宏大景象。

如今，金庸大侠已经江湖别过，所谓“今番良晤，豪兴不减，他日江湖相逢，再当杯酒言欢。咱们就此别过”，就如一年一度与这有着沉潜的红的乌桕的良晤吧。

郁达夫笔下，钱塘江两岸的乌桕树也是颇为壮观的。

在他看来，江南的地质丰腴而润泽，所以含得住热气，养得住植物；因而长江一带，芦花可以到冬至而不败，红叶也有时候会保持得三个月以上的生命。

四

明代高濂在《遵生八笺》的秋时十二幽赏中，将“西泠桥畔醉红树”列为第一：

“西泠在湖之西，桥侧为唐一庵公墓，中有枫柏数株，秋来霜红雾紫，点缀成林，影醉夕阳，鲜艳夺目，时携小艇，扶尊登桥吟赏，或得一二新句，出携囊红叶笺书之。临风掷水，泛泛随流，不知漂泊何所，幽情耿耿撩人。”

在南方，总觉得乌桕与枫树是很难区分的。都是红叶，都在秋冬之际极尽明丽。

清藏书家王端履估计对乌桕与枫树的区分也很在意，著《重论文斋笔录》卷九专门论述，注云：

“江南临水多植乌桕，秋叶饱霜，鲜红可爱，不知枫生山中，性最恶湿，不能种之江畔也。此诗江枫二字亦未免误认耳。”

在永嘉枫林，出生于此的晚清监察御史徐定超留有这样的诗句：

“家住枫林罕见枫，晚秋闲步夕阳中。此间好景无人识，乌桕经霜满树红。”

马公愚有一幅民国甲子重阳书于枫林的书法作品：

“山色溪光夕照中，九秋风景画图同。看来只觉村名误，乌桕万株不见枫。”

诚然，两人写的是同一个地方。枫林“乌桕万株”，“看来只觉村名误”，倘将“枫林”村改成“乌桕”村，会怎样？这样想着觉得很有意思。

五

有年深秋，带着儿子去北京看望老弟。正是红叶节，枫正丹，弟弟便带着我们去香山。

只记得挤挤挨挨全是人，弟弟抱着他的小外甥，沿着山道往

元　赵孟頫《鹊华秋色图》卷　台北故宫博物院藏

上走，满头大汗，一路都舍不得放下。

香山的叶子并没有全红，也没有想象中的满山红枫绚烂的景象，山道上有着饱浸了日光的和煦与山野清冽之气的枫叶，让走在它身边的人，莫名地蓄积着欢喜。

回来的时候带了几张塑封的红枫叶标本。前阵子搬家看到，给去波士顿游学的弟弟打了个电话。赴香山观红叶，已经快十年的事了。

枫树也好，乌桕也好，目光所抵，并为之停留的，也是内心所抵达的情感的温度。

看黄宾虹评黄公望的画，称“吾谷枫林为秋山之胜，痴翁一生笔墨最得意处”。

我见过楠溪江边的乌桕树，亦觉乌桕树为秋山之胜。曾在秋冬之际，沿着永嘉楠溪江无目的地开车，沿途见一树树红透叶子的乌桕。这场景，觉得如此熟悉。

满山红树，卧看霜林，万点朱砂胭脂涂抹。

“顷刻烟云能复古，漫烧天。请君大醉乌毫底，落叶旋。”这分明是一生浪迹、云游四方的石涛上人的《秋林人醉图》。

红树、霜林，流动的秋色，以及，无法抑制的生机，此亦是石涛一生笔墨得意处吧。

一时又想到赵孟頫的《鹊华秋色图》，平林翠微，江渚红树，无数霜华，最是恬淡中的欢愉，越能吸引我们的目光。

五代时有一幅《丹枫呦鹿图》，似乎它向人们叙述的是一个故事，一个霜后秋林，闲适的鹿群与随时将至的侵入者的故事，真是一个饱满而恢宏的场景。

而我有时，会停在那一刻。寂静的山林，深绿中已有泛黄的秋叶，果实变红，吸引了一只山雀栖息枝头。透过虫蚀咬的孔洞，还能看见叶下的沙果。画者深得造化之妙，观者一时以为自己也来到山林之中，与山雀共享秋果之甜美。这是宋人林椿《果熟来禽图》页。

有一年在雁荡山，夜宿山寺，一夜秋虫呢喃。

晨起见寺中枇杷树，几片深红的叶子，枝头停着一只雀鸟。

如今记起，内心的那些挣扎已经消失殆尽，只留有这个单纯而明亮的一刻。

五代　佚名《丹枫呦鹿图》轴　台北故宫博物院藏

南宋　林椿《果熟来禽图》页　故宫博物院藏

六

总觉得秋冬之际，最美的不是秋花，而是秋叶。

当我们关注植物时，有时甚至会无视已经满载冬意的天空。

日本寂莲法师有“但问寂寥何光景，秋暮淡阳遍山槙”的诗句，知堂老人有“寄君一片叶，认取深秋色”，让人回味。

“有一天，下了一黄昏的雨，出去的时候忘了关窗户。回来时开门，一房的风雨味。”张爱玲的文章。不知为何，总觉得，她住的地方，窗外应该有一棵乌桕树。

每每走在山间，看到一树乌桕，我也总会停下来看看。

前阵子，在阔石板的小公园，不意中遇见叶正红的乌桕。

阳光照在叶子上，秋阳似酒，风正寒，那红色是透亮的、发光的。

于是呆住。

人为何突然停留，或许就因为这无尽时间中短暂的热烈的一瞥，系住她纵横四海的心。

无心呈妙色

一

我时常会想起深秋时的紫禁城，红墙、金黄色的琉璃瓦，叶子几近落尽的柿树，华美艳丽的红果静静地挂在寥落的树梢上。

丁香、杏花、紫藤、海棠、玉兰、太平花都已静默。

唯有银杏，枝叶纷繁，在宫墙内延伸。

太阳西沉的暖色照射在银杏叶上，通透的金黄与红色的枫叶，青绿的古柏、暗赭色的远方冷暖交织。

走在深秋的紫禁城，各种色调绵延交融，犹如走在绮丽又极富深味的永生之路。

清　弘昨《宁寿宫铭并岁朝图》册之岁朝图　故宫博物院藏

此时，寓居在杭州吴山脚下的清晨，煮一壶热茶，依然觉得点点红柿，银杏树铺天盖地，心中亦是繁华与苍凉星星点点。

二

我有时候无缘无故地就想到西山大觉寺。

这是季羡林的感叹。

他曾夜宿大觉寺。凌晨四点起床，晨曦未露，夜气犹存，太平花似乎还没有睡醒，古寺中一片寂静。玉兰之王的绿叶也在凝定不动，只有屋脊上狂窜乱跳的小松鼠，跑来跑去，络绎不绝。

老先生独立中庭，在《大觉明慧茶院品茗录》中，他这样感叹：我一个人享受了生平第一个恬谧甜蜜的早晨，让我永世难忘。

不觉想到西山逸士溥心畬。这位旧王孙，曾寓居西山十余年。西山多柿树，这番场景，亦是他熟悉的。

溥心畬早年的青绿山水，工细严整，法度谨严，却总让人有着隔离感，进入不了这样的山水之中。在西泠预拍展上见到他的一幅《岁朝清供图》，这是他的晚年文人小品画，绘有壶、竹、梅、佛手，题有"玉壶买春，赏雨茅屋。坐中佳士，左右修竹"字样，以花青、朱砂、藤黄、淡墨为之，似是人间烟火，世事沧桑，不悲不喜，一切具足。人的一生，总有这样的时候，沉浸在从天而降的雨声里，感官为之静默。

他晚年的一幅《事事如意图》，两个红润的柿子挂在树枝上，逸笔草草，隐去富贵之气，化细密为简淡，弥散着对生活的心意，醇厚柔润。

多少残生事，飘零如重逢。余下的便是感慨了。

三

周作人五十自寿诗：旁人若问其中意，且到寒斋吃苦茶。这是周作人的中年心情。

许久前看黄庭坚的《花气薰人帖》中的“心情其实过中年”，心存惘然，不知我到中年会是怎样的心情。

当我到中年后，曾经的汲汲渴望与寂寂沉默，如今都已结成一个微渺的音律。

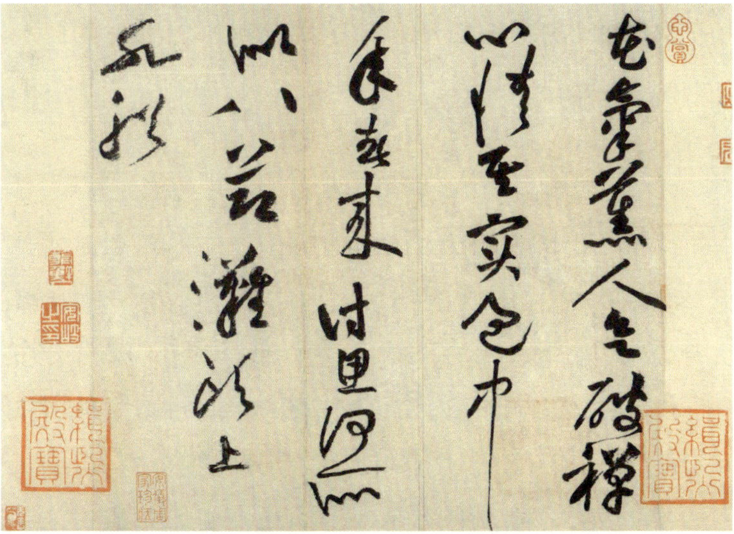

北宋　黄庭坚　草书《花气薰人帖》页　台北故宫博物院藏

却突然明白，倘若还能以朱砂写红梅，疏影横斜，清远可人，这就是尚可期待的中年心情吧。

许倬云曾回忆许多年前，樱花盛开时，沿湖粉林春满。

树下花间有人临风伫立，素衣一袭，投影池水，别有摄人之处。

陈年记忆，至今鲜明在目。

我想起己亥小寒那日黄昏，下班沿着西湖走回家。突然看见天空是粉红色的，晚霞漫天。迎面的树都跳动着粉红的光影，湖边的行人，都被粉红的光影所笼罩。

如此不可思议的时刻，就如见山间红柿。在清冷又余温尚存之时，树上留下初冬的一道光芒。

岁暮的门虚掩着，时光便停伫在那一刻。

四

《花镜》中陈淏子对柿子有专门的记述：

“柿，朱果也。叶似山茶而厚大，四月开黄白小花。结实青绿，九月微黄即摘，少藏数日，即便红熟，甜美可啖……柿有七绝：一、树多寿；二、叶多阴；三、无鸟巢；四、少虫蠹；五、霜叶可玩；六、嘉实可餐；七、落叶肥厚，可以临书……”

“落叶肥厚，可以临书”是有来源的。

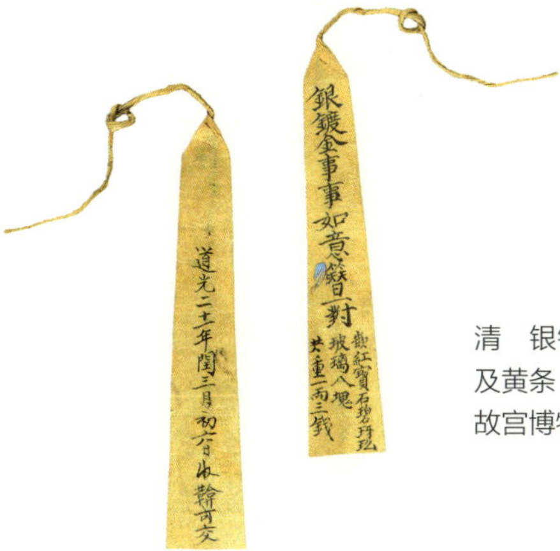

清　银镀金事事如意纹簪
及黄条（正背）
故宫博物院藏

看《唐才子传》，写到被唐玄宗称为“诗书画三绝”的郑虔，住在长安时，在慈恩寺贮藏柿叶。

每日取柿叶写字，把几间屋的柿叶都写完了，终获大成，练就“如疾风送云，收霞推月”的草书。

《花镜》为清代重要的园林文献。陈淏子，号西湖花隐翁，人称其“著书满家，终老西泠，寄怀十亩”。

翻开自序，则甚为玩味：

“余生无所好，唯嗜书与花。年来虚度二万八千日，大半沉酣于断简残编，半驰情于园林花鸟，故贫无长物，只赢笔乘书囊，枕有秘函，所载花经药谱。世多笑余‘花癖’，兼号‘书痴’……”

“二万八千日”，写此书时作者已有 77 岁。回首一生，“生无所好，唯嗜书与花”，多让人羡慕。

书与草木，是让人安心而又辽阔的所在。

几天前遇到一个藏家，收藏近现代名家书画数以万记，说起山间树木花果亦是如数家珍。

他说自己经常拿着一把锄头，把杭州的所有山都爬遍了，最大的乐趣就是寻找中医药材。

关于草木，有各种人带来各种故事。

我们与草木共存于世，去爱，去感知的人，活着才是丰盛的。

五

腊月，西湖边的蜡梅已经开花。

晨起磨墨，临颜真卿的《颜氏家庙碑》。

以颜氏的庄严与庙堂之气，写着写着便停下笔。

岁寒之时，还是临齐白石的柿子图吧。

在文人画中见到柿子，仿佛是回忆，它的重现，总是充满意味。

陈老莲的柿子，齐白石的柿子，溥心畬的柿子，在文人画中充满笔墨意趣，柿子也以谐音“事事如意”“世世平安”等，在岁朝清供中成为不可或缺之物。

明宪宗朱见深有幅《岁朝佳兆图》轴，可以说是一幅宫廷年画。

隆冬风厉，百卉凋残，晴窗坐对，柏柿如意，为万民祈福。

画中钟馗极其威风地登场，左手边倚着手捧盘子的小鬼，盘中置柏叶和柿子，意为“百事如意”。

在一脉春回之时，以佳兆祈祥祝福，也是山间柿子的应有的荣耀吧。

当然，还有牧溪的《六柿图》，聚散离合，错落有致的六只柿子，笔墨简到极点，朴拙到极点，禅机无穷。

自称柿园先生的齐白石一生画过许多柿子图，他也有一幅《六柿图》，画中六个方柿，有青色的，也有泛着熟透的黄色。

犹如“无花的蔷薇，平和的心”，齐白石的这幅画就是“简

明　朱见深《岁朝佳兆图》轴　故宫博物院藏

淡的柿子，安静的心”了。

不过齐白石的柿子图，大多设色浓烈，果肉丰满，入口便是梁简文帝品尝后的味觉：“甘清玉露，味重金液。”

六

张大千对柿子情有独钟。

他在巴西的家，园中种有柿子、桃李、樱桃等，取名为“八德园”。

“近来劳作之余，翻医书，才知柿叶煎水可治胃病。柿子树有八种功德也。”张大千将“柿有七绝”增加一个功德，以之为园名。

这番说法不知真假，但他的柿子，总是红彤彤地挂在枝头，看上去喜气盈盈，想见画者的心情。

曾在初冬时去王府井边上的丰富胡同，那里有老舍故居，他的小院称为“丹柿小院”。

于非闇曾为老舍绘丹柿图，工笔写之，枝叶之间，丹柿色泽明艳。题款为：“老舍家看菊花，见丹柿满树，亟图之。非闇七十岁。”

不过如今的丹柿小院已不见菊花，丹柿却依然，红中透着光

清　木边嵌珐琅瓶花图挂屏　故宫博物院藏

亮，分明就是于非闇的画啊。苏轼写梨的诗句“霜降红梨熟，柔柯已不胜”，写的也分明是经霜后的柿子。

爱画红柿的，还有姜丹书。我供职的美术馆曾举办过这位潘天寿的老师的展览，他的画稿中，红柿也出现最多。

据说每每秋天，他总在西溪的柿林里，观察、写生，苦练数十年。他的红柿图鲜艳可掬，款识常为“红到梢头甜到老”，真的是简单直接，扎实地击中人的内心。

在清宫旧藏中见一条明代苏州织造的柿红盘绦朵花宋锦，柿红色地经、地纬，内有海棠、秋菊、蜀葵等，宝蓝、湖蓝、粉红、浅绿、月白等色彩富丽而不艳俗。突然想到延禧宫的那两棵柿树。

如《西厢记》之言，总有“相见时红雨纷纷点绿苔，别离后黄叶萧萧疑暮霭”之感。

织物总是无声的。

你无法知晓它经历了什么。这也是它存在的意义。

七

春天的时候，曾去四明山。满山樱花，姿媚横溢，看得心都醉了。

四明山有个柿林村，在丹山赤水之间，村口有棵树龄 600 年的柿树王，我便念叨着要在柿子成熟的时候再去看看。初冬的时候，依约而至，再到四明山，满山的柿树，柿子的红妆被薄阳梳拢。“一川霜叶丹，满山柿子红”，描述的就是这番景象吧。

只是村口那株柿王，被游人所包围，树下搭了一些小篷子，村民在卖柿子、红薯干、柿饼，小四轮车、摩托车无序地摆放着，甚是喧嚣。大家挤在局促的地方，看着一棵柿树，不知为何，有点尴尬。

或许，清寂的地方，才是柿树的所在吧。太过拥挤，心里连一颗红果也安放不下。

想起那年大觉寺捡的一只落在地上的青柿子。带回来放在书桌上，看着它由坚硬渐渐地柔软，颜色呈朱红，果子几近透明，娇憨而美满。

此后逐渐风干，颜色转黑，依然不舍得丢掉。

这就是周梦蝶的“弥望若存，追抚已远”了。

八

柿子挂在树梢，像林风眠的画作，那种素朴底色上突然出现的耀眼的金黄与绿色，就如“人归醉后”“春老吟余”，最为关情。

明　沈周《荔柿图》轴
故宫博物院藏

陈师曾绘《山水花卉图》册里第一开是梅花，自题为“冬心先生用胭脂螺黛写梅花小幅，余亦戏为之”，画红梅花一枝，真实不虚，最是称心。

倘若让陈师曾用胭脂螺黛画几颗柿子呢。不知会怎样。

我有次在半旧的花青中加点藤黄，原本画柿叶的，自作主张地用来画柿子，自觉别有意思。

想起写侦探小说的阿加莎·克里斯蒂在自传里说自己最爱的颜色是 mauve，翻译成中文的意思是淡紫色、紫红色，我觉得都不对，应该是一种藕荷色。

这种无法形容的色调，在《扬州画舫录》《红楼梦》《凤仙谱》等地方皆出现过，并被人誉为神秘的颜色，写成“藕合色”。

不过谁也无法说 mauve 就是藕荷色，毕竟是极具想象力的色彩。

寥寥数笔，将味觉与视觉交融，让人注念到这生生不息的物象上。

九

人之喜见红柿，或因生命中荒凉种种，却有如此妙色，与之静默相对。

秋色无南北，人心自浅深。

人又怎能抵挡这份对这世间盲目的热爱呢。

黄褐色、红棕色的扁圆形的柿叶落满庭院，清透的日光映照着红色的宫墙，绵密甘甜、清凉香糯的柿子，被沉静的空气包围。

生命总是此消彼长。陶渊明有“怀良辰以孤往”，随园主人有“余老矣，最喜人说少年旧事”之说，我见柿树，似见超越“无常”的那部分存在，忽然间无法言说。

大雪纷飞日，袖手旁观时

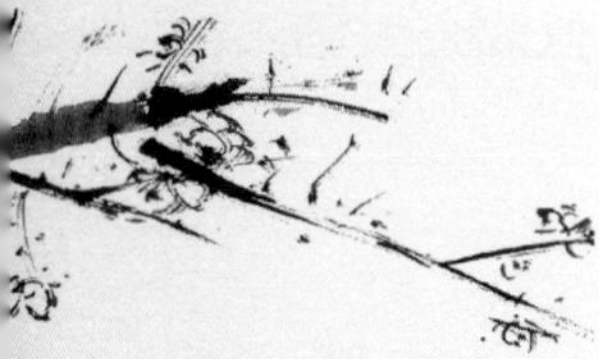

一

不觉已是岁末。大雪不期而至。

赴永福寺，空气凛冽，拾级而上，几次差点滑倒，忽而一阵蜡梅的冷香传来。

永福寺依山而建。见山上枝头还挂着红色的柿子，在苍茫中点点红色。

山茱萸圆润晶亮，枫树亦有经霜的红叶陪伴在枝头。

红梅花苞饱胀，映着雪色，或许在等待一个良夜和煦的风。

在大德寺，长着苔藓的旧庭院，铺着落叶。山茶花已经盛开。坐在庭院，雪纷纷扬扬地落下，倍添静寂。

清　高凤翰《雪景山水图》轴　故宫博物院藏

下雪时候的紫禁城，雍容静谧。白雪镶红墙，碎碎坠琼芳。雕梁画栋，碧瓦飞甍。六百年的厚重与静美，任诗酒酿成的一刻，吟咏着隐秘的宏大的音律。

雪落在雕花的门户，落在桃花心木家具，落在凝霜的夜里……

一场久违的雪，宫殿与天地之间，一片苍茫。

人在其中，犹如进入一个没有时间的世界，不知“茫茫欲何之”。

此中因缘际会，甚是美妙。

二

康熙二十一年（1682 年），纳兰性德奉命出塞，塞外风雪交加。

他写下了《长相思·山一程》：

“山一程，水一程，身向榆关那畔行，夜深千帐灯。风一更，雪一更。聒碎乡心梦不成，故园无此声。”

这一年，距他生命的终点只有三年。

他的诗情与存在于无常中的宿命相连。

元丰四年（1081 年）冬，黄州大雪。苏轼到达黄州。故人马正卿睹其一家日益困匮，便为之请得城东荒地数十亩。

此地颓垣蓬蒿，荆棘瓦砾，苏轼一家躬耕其中，并于元丰五年，筑舍定居。

堂成之日，适逢大雪纷飞，苏轼自书“东坡雪堂”为匾，并作《雪堂记》以记之。

“今年黄州，大雪盈尺。”苏轼的《书雪》中也写道，“吾方种麦东坡，得此固我所喜。舍外无薪米者，亦为之耿耿不寐，悲夫！”

瑞雪兆丰年，自然喜悦。然则，大雪盈尺，无柴无米者，又该如何度过?

此时他的家国情怀，在这纷扬的大雪中延绵。

然而，艺术总能带着无限性，挣脱艺术家生平的束缚留存。

僧人良宽示寂。那是 1831 年的 1 月。他 74 岁。

白雪覆盖如意山，寂冷的古寺，平静的僧人。

行程即将结束，这趟旅程如此地充满天意和定数，却如此安详、豁达与神秘。他留下绝命诗：

“秋叶春花野杜鹃，安留他物在人间。”

风从遥远的地方而来，也会捎来些他乡的叹息。

一个踽踽前行的旅人，在这如露水般的浮世，深沉静默处，总会突然停伫，回首自己似乎未经世故的足迹。

深于情者，在自然万物中总能体会深切的忧伤，亦能在自然万物中，得到慰藉。

清　禹之鼎《西郊寻梅图》轴　故宫博物院藏

三

雪落的时候，人们总是善感。我的记忆中，也堆积了一些细细碎碎的片段。

冬夜读《静静的顿河》时的那一场大雪，儿时放在院子里的废弃的水缸，积满了雪，屋檐的瓦片上挂下来的长长的晶莹剔透的冰凌子，飞雪之天，炉火温暖。那是祖母平时不舍用的小铜炉，里面放着几块木炭，慢慢烧红，外面再裹上一块青花棉布，给我们取暖……

温暖的心意，想到了王羲之的信札《快雪时晴帖》。此帖短短 28 个字，被誉为“二十八骊珠”。今日天寒，雪意逼近，翻开此帖，行书的美妙无法言喻。

“快雪时晴,佳想安善。”大雪初晴,问候亲友,想必你可安好。

内里的深情与韵味，亦现其风神。

大雪初晴，年代已经久远，笔墨与纸火气全无，欢愉之情却一直留存。

王羲之的《积雪凝寒帖》，就如大雪中绽放一树蜡梅，花香清冽。

积了厚雪，五十年不见的凝寒，于是呵手磨墨，给阔别二十六年之久的老友写信。

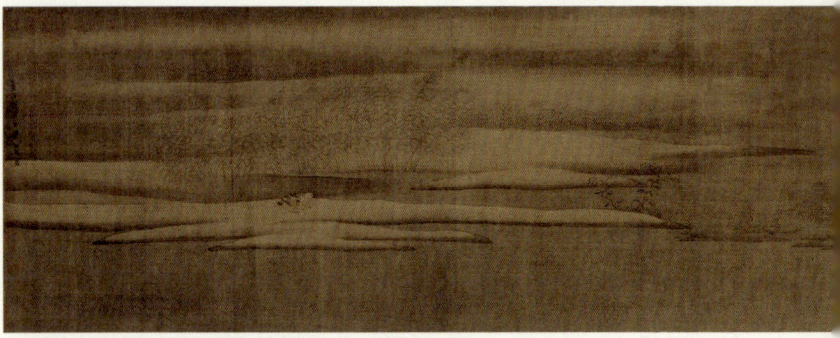

北宋　梁师闵《芦汀密雪图》卷　故宫博物院藏

写些什么呢？叙叙天气，“顷积雪凝寒，五十年中所无”，还能写些什么呢。

二十六年不见，只靠书信文字往来，牵系着对老友的思念。那么，也只能写着“比者悠悠，如何可言”，岁月漫长，稍纵即逝，又从何说起。

“味之深不可测。”当是读这两封大雪纷飞却又饱含真情的帖的余味了。

四

曾遇一款香水，有蜡梅花香，矜持而隐忍，又有冷冽之冰雪

味。用的时候，就如携一枝雪中之梅在身边，冷香影影绰绰。

孟浩然常冒雪骑驴寻梅，铁脚道人则爱赤脚走雪中，嚼梅花满口，和雪咽之，曰 :“吾欲寒香沁入心骨。”

李清照的《清平乐》，开句就是“年年雪里，常插梅花醉”。踏雪寻梅、插梅，香从寒出，寒共香存，“雀查查，忽地吹香到我家，一枝照眼，是雪是梅花？”这是金农的《雪梅图》。

“每当天寒作雪，冻萼一枝，不待东风吹动，而吐花也。”雪日，冬心先生则是直接作冻萼一枝，未画意先有。

在《红楼梦》的大雪里，宝琴披着凫靥裘立于积雪的山坡，身后丫鬟抱着一瓶红梅。琉璃世界，白雪红梅，美艳至极。引得众人赞道 :“就像老太太屋里挂的仇十洲画的《双艳图》。”

元　黄公望《快雪时晴图》卷　故宫博物院藏

仇英的《双艳图》或是曹雪芹杜撰，仇英画笔下的仕女却真的是个个圆转艳逸，柔媚绮丽。宝琴有迹可循，翻开仇英的仕女图，就可以邂逅。

我的雪日，那风雅的雪日，是丁酉年那场大雪之日，与友人坐船至湖心亭。

天寒地冻，见琉璃世界，“虫二”两字，立于石碑上，风月无边。

几树蜡梅，花开澄澈。一时分不清是雪中有蜡梅或朱砂梅的

清香还是梅花中有雪之冷香。

想那湖心亭看雪，张岱已经写尽意味，后人自不敢提笔，湖心亭如今仍在，终归也是幸事。

五

陆游有首《剑门道中遇微雨》，“衣上征尘杂酒痕，远游无处

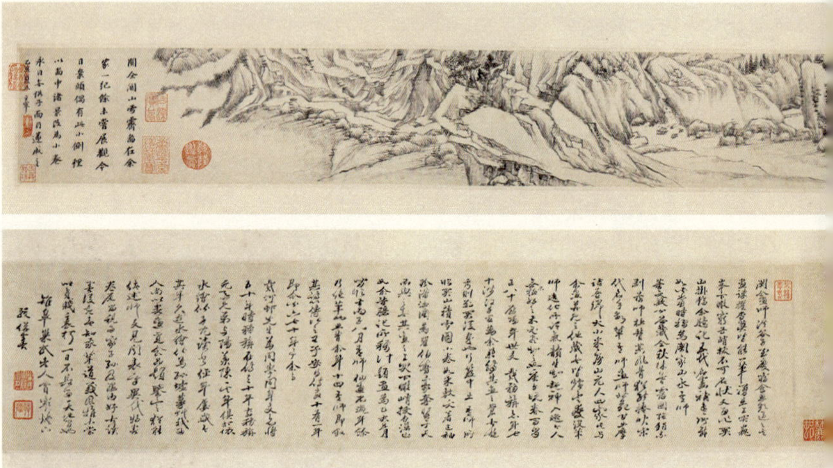

明　董其昌《关山雪霁图》卷　故宫博物院藏

不销魂。此身合是诗人未，细雨骑驴入剑门”。

细雨骑驴，几句道尽诗与远方。那么，大雪骑驴，又是何等诗意呢？

唐昭宗时，相国郑綮善于写诗。有人问他近来有无写诗，曰：“诗思在灞桥风雪中驴子上，此何以得之？”顿然理解而今在书斋里写不出诗的诗人了。

大雪时，身着白色披风，两人骑驴穿行山谷，此时朔风凛冽，彤云密布，雪山静穆，荒漠无垠，雁群无声掠过，又是何等况味？这是南宋梁楷以精密画风呈现的甚为精彩的《雪景山水图》。

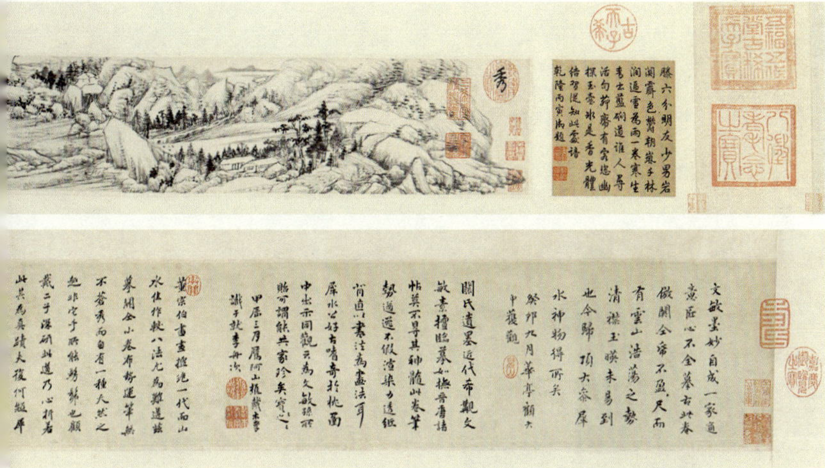

淡墨渲染的天空，两个骑驴人置于雪山为背景的无边荒漠中，人就是渺小的存在。

中国文化中，山川大地是诗心的影现，艺术也以心灵映射万物。

雪中之境，也是艺术心灵与造化的融合。

梁楷曾为南宋画院待诏，特立独行，嗜酒，人称梁风（疯）子。那两个骑驴的人，犹如“风一样”的男子，他们或许是风雪夜归人，亦或许意气风发前往远方。

终归，我都想借用伊丽莎白·毕肖普的诗，问下梁楷画笔下

元　钱选《西湖吟趣图》卷　故宫博物院藏

那两个雪中骑驴的人，“不管怎么说 / 我还是想知道 / 你们正在做什么 / 要去往何方？”

六

雪中要去往何方？

王子猷居山阴，夜大雪，命酌酒。想到老友戴逵，于是夜乘小船前往，经宿方至，造门不前而返。人问其故，曰：吾本乘兴

而行，兴尽而返，何必见戴？这是《世说新语》中的故事。

王子猷，字徽之，王羲之第五子，《晋书》称其“性卓荦不羁”。“雪夜访戴”也为历代画家反复表达，或许就因为晋人之性情吧。

黄公望亦作有《剡溪访戴图》，山鋆雄奇，粉妆玉砌，山脚几处村舍庭院积雪，一叶篷舟穿行剡溪，船夫奋力划桨，舟中之人笼袖御寒，天已大亮，应该是画“兴尽而返”之时吧。

所谓“鸢飞戾天者，望峰息心。经纶世务者，窥谷忘反”（吴均《与朱元思书》），如此山水，总让人有代入感。

就如酷暑日，沈周看到王维《万峰积雪图》后，顿觉“僧楼今日见此卷，雪意茫茫寒欲逼”。

万峰积雪，是夏日的消暑图。雪景山水画，也总为文人所追慕。巨然的《雪图》、范宽的《雪景寒林图》，都让我们或沉静或欢然，如置冰雪之中。

回到这幅黄公望的访戴图，如果说它是一部叙事小说，那么元人张渥的《雪夜访戴图》，则是截取了故事的一个片段。

画面中没有重峦叠嶂，也无村舍庭院，剡溪之上，雪夜俱寂。

唯有河岸古树枝干遒劲，船夫欸乃桨声，缓过平溪。

篷舟之中，王子猷坐在船舱，缩颈笼袖，安然借雪光夜读。

这是漫长雪夜的刹那。画者简笔中有一种风致。

我们穷其一生，经历过这样的雪夜吗？

生命中的那些雪夜，那些与你共度雪夜的人，你能记起是谁呢？

七

木心说自己是一个在黑暗中大雪纷飞的人。

看木心文学纪录片《归来的局外人》，第一个镜头就是大雪天。

木心在说：今天那么冷的天气，世界文学史结束在很冷的天

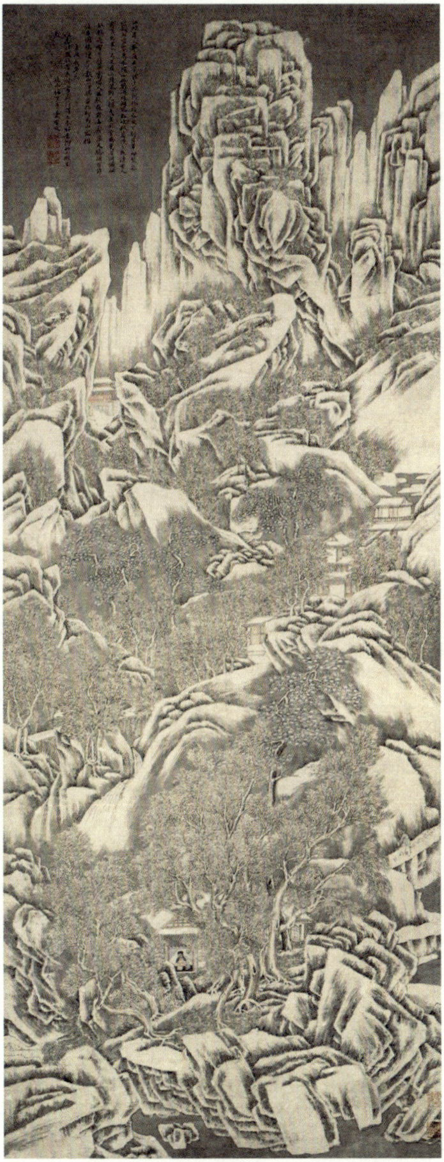

明　萧云从《雪岳谈天图》轴　故宫博物院藏

气。我先讲讲我怎么来准备这堂课。这是长达五年的文学史讲课。镜头慢慢定格在身穿黑色大衣，戴着黑色帽子，拄着一把长柄的黑伞，站在大雪中的木心的背影上。

“你再不来，我要下雪了。”他写道。

这个“不知原谅什么，诚觉世事尽可原谅”的人啊。

总觉得深夜饮酒，杯子碰在一起时，外面应该下着一场大雪。

“平生所心爱，爱火兼怜雪。”白居易也是爱雪之人。

“夜寒生酒思，晓雪引诗情”，或许还有与生俱来的对雪的热爱。

他的《问刘十九》，“绿蚁新醅酒，红泥小火炉。晚来天欲雪，能饮一杯无”，天寒地冻，饮酒烤火，来喝一杯呀。炉火暖了，酒正香醇，围炉夜话，那夜的大雪啊，是结结实实的中国人的生命情调，是一种唤为“深情”的东西。一杯“绿蚁新醅酒”，也醉倒多少读诗的性情中人啊。

雪也牵记了人们的思绪。读《诗经》，“昔我往矣，杨柳依依。今我来思，雨雪霏霏”的怅然总会慢慢渗入。

八

古来之好冰雪者，为文亦有冰雪之气。

孟郊有诗："一卷冰雪文，避俗常自携。"

张岱则将自己的诗文名之为《一卷冰雪文》。

张岱估计担心人不懂冰雪之气，他在《一卷冰雪文序》中对"冰雪之气"做了阐释："凡人遇旦昼则风日，而夜气则冰雪也；遇烦躁则风日，而清静则冰雪也；遇市朝则风日，而山林则冰雪也。"

夜气、清静、山林之气，皆有冰雪之气。

祁豸佳《西湖梦寻序》中称张岱的小品"有一种空灵晶映之气，寻其笔墨，又一无所有"，《西湖梦寻》也是张岱冰雪之气所凝。

翻《全唐诗》时看到一个叫李山甫的诗人，有首《寄太常王少卿》，里赞太常"雅饮纯和气，清吟冰雪文"。

为文如此，为人亦如此。通透洁净，深远渺茫，以冰雪之气，养浩然之气，是我辈之神往的。

九

岁末，大雪中的紫禁城，一片苍茫。

白雪却嫌春色晚，故穿庭树作飞花。

"大雪纷飞日，袖手旁观时。"

那些往日之事，终归会随着纷飞的雪压上心头，那是记忆的重量吧。

王珽 摄

后记

草木平生

南方的夏夜。栀子花和星辰，香樟树和木槿花之间的小径。被草木裹挟着的似曾相识的夜色，总能轻易走进不设防的内心。

我喜欢保罗·策兰的诗句：“我们从未在世，所以我们在花里。”

这是现世与植物的纠缠，无法消停。

总想起紫禁城的杏花。春天的时候，御花园、钟粹宫、寿康宫、静憩斋、中正殿、内阁旧址中，一树树粉红粉白的花。若是再下一场雨，紫禁城就成了杏花烟雨中的江南。

玉翠亭旁的那棵杏花树，当我重逢它的时候，它的枝叶已经超过了红色的宫墙。如抹上粉白的纱，人事散尽，世事沧桑，不悲不喜，而春风依旧，明媚可喜。

有了草木，就有草木的天地——因为日常总与无常纠葛，而我们敏感的肉身，总能在这来自草木的敦厚的心灵魔界，找到现实与想象之间的奇异的相逢。

让我再次尽情重复那桩盛大的春事。紫禁城的花事，云蒸霞蔚。一切都曾经发生，或微妙，或瑰丽，或羞涩，或明亮，都是最可珍重的心意。

朱砂红、赭石色、藤黄、胭脂……色调在铺陈，或若有若无，或活色生香，或倏忽漂浮，或不动声色。

透明的流光，植于绵厚平实的日常，却并不构成生命的无常——万物都已无法按捺。

它们是慷慨的、丰裕的、坦荡的，随之而来的，是我们尘世的生命正在与无穷的、我们无从知晓的新的生命融合。

草木让人寂静，心平气和，而这个觉知的每一个瞬间，都是慈悲。

它承载着世人在时光中的观念与欲望，向醉里暂时忘却的算计，无从计较的欲念，没有余地的思量，不知所措的惶恐，不动声色的胜负，铁马冰河入梦的结局……

许多时候，就如遇到一株傲慢的植物，我也总是错过飞扬的激情，那些艳到极处的相，足以慰妥的情意。

坤宁门外有两株古楸树，花繁叶茂，那日行程就要结束，我在想，我要简洁明快一些了。然而，看到它们，老树虬枝，古色葱郁。层层叠叠的淡红色花朵，团团缀玉，点点攒星，淡入粉云青雾。还能怎样呢。

楸英独步媚，淡紫相参差。

只能放下行李，坐在树下。

宋人有诗云“因见楸花忆去春”。不仅如此吧。

观古物，知其神骨，已是幸事。它可以让心智的地平线变得模糊不清，你要么就是热烈地去爱它，要么就是永远对它无动于衷。

木香花湿雨沉沉，满是香樟花香的夏夜，冬日冷雨中那一树嫩黄的蜡梅……草木总让人毫无功利，锲而不舍，欲罢不能。能体味这些，当然也是在这世上至高的享受。

为这微渺的快乐——也必须承受这世间的苦痛。

人生总有那样的时刻，“万千心碎还深藏一吻，满身伤痕还如此认真，泪流成河还如此诚恳，生死茫茫还心怀分寸”，厌倦权衡、荣耀，而去寻求人与人素心面对、舒适平和的一刻。人与植物的缘分也在于此。

在暮色时分，走在旧宫殿。路上的那些花草树木，朴素又坚韧，不遗余力，真诚地生长。影影绰绰的落日，天色将晚，光线闪烁其中，缓慢而细密地编织着植物的深度和质感。这是它们对这些草木的情意。

万物自有其境。我们心中自有灿烂光彩，深衷于内心的好奇与探究之心。无论迹简意淡，还是细密臻丽，我们试图接近万物，沉静地观察自然，就是想要感受与分享比我们自身更重要与持久的东西，这也是拥有生命的最大意义的自由。

齐白石有一方大篆：“草木平生。”当所有的声名终将消失在荒寒之中，草木依然自顾自地生长着。

平凡的生命也是如此。就个体而言，那是草木给予人的温度与质感。

我们也总想寻求如此之境：混沌里的沉静、朴素里的华丽、简单里的丰富，以及，稍纵即逝的灵性的那一道光……

这份境地，也得益于我们的内心与草木相宜的日子，那份无所事事却又充盈着的好奇、柔和与热情所能得到的滋养与激发。

当我们为之跋涉并得以深陷在人类精神的劳作之中，无疑，这也是现世给予我们的眷顾。

那么，风再起时，唯有尽力生活——如草木般生长。

那海
2020 年 6 月 18 日凌晨完稿于古清波门外

图书在版编目（CIP）数据

故宫草木志 / 那海著. —北京：故宫出版社，2021.3（2022.4 重印）

ISBN 978-7-5134-1268-1

Ⅰ. ①故… Ⅱ. ①那… Ⅲ. ①散文集—中国—当代 Ⅳ. ①I267

中国版本图书馆 CIP 数据核字（2021）第 029533 号

故宫草木志

那海◎著

出 版 人：章宏伟
责任编辑：章丹露　徐　海
封面摄影：王　琎
封面题字：张圆满
设　　计：王　梓
供　　图：故宫博物院数字与信息部
责任印制：常晓辉　顾从辉
出版发行：故宫出版社
地址：北京市东城区景山前街4号　邮编：100009
电话：010-85007800　010-85007817
邮箱：ggcb@culturefc.cn
制　　版：北京印艺启航文化发展有限公司
印　　刷：北京启航东方印刷有限公司
开　　本：889毫米×1194毫米　1/32
印　　张：8.5
字　　数：130千字
版　　次：2021年3月第1版
2022年4月第2次印刷
印　　数：5001-7500册
书　　号：ISBN 978-7-5134-1268-1
定　　价：86.00元